Coleção
Dragão Mecânico

SOLITUDE

ERICK SANTOS CARDOSO

Ilustrações

ERICKSAMA

1ª edição

Editora Draco

São Paulo
2022

Erick Santos Cardoso
É desenhista de coração e editor de profissão. Mestre em comunicação, amante da cultura pop em todas as suas vertentes. Autor dos romances *Guirlanda Rubra* e *Lâmina Celeste*; do quadrinho *Devorados*; de diversos contos em antologias e tem na Editora Draco o seu projeto para produção e desenvolvimento da literatura de entretenimento e quadrinhos nacionais.
FB.com/ericksantoscardoso Twitter: @ericksama

Publisher: Erick Santos Cardoso
Edição: Erick Santos Cardoso e Raphael Fernandes
Revisão: Ana Lúcia Merege
Capa, arte e ilustrações: Ericksama

Dados Internacionais de Catalogação na Publicação (CIP)
Ana Lúcia Merege 4667/CRB7

C 268

Cardoso, Erick Santos
Solitude / Erick Santos Cardoso; desenhos de Ericksama. – São Paulo: Draco, 2022. – (Dragão Mecânico; 3)

ISBN 978-65-5753-030-6

1. Ficção brasileira I. Título II. Série

CDD-869.3

Índices para catálogo sistemático:
1. Ficção : Literatura brasileira 869.3

1ª edição, 2022

Editora Draco
R. César Beccaria, 27 – casa 1
Jd. da Glória – São Paulo – SP
CEP 01547-060
editoradraco@gmail.com
www.editoradraco.com
www.facebook.com/editoradraco
Twitter, TikTok e Instagram: @editoradraco

Para a Amora e os amores que morrem.

SOLITUDE

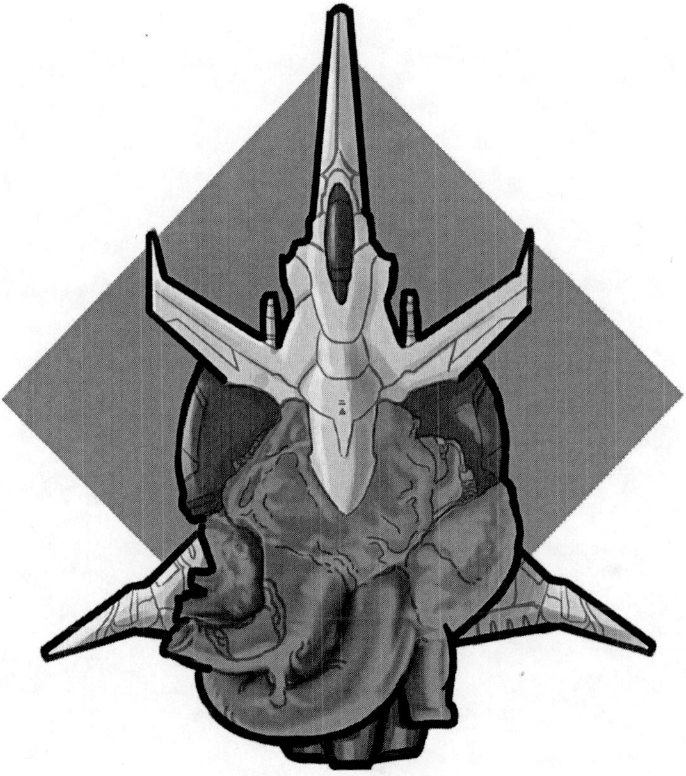

Pás eólicas sussurram uma canção que só o espírito inquieto pode ouvir. Cata-ventos geradores de energia em um pôr de sol alaranjado e morno de Eden. A imagem persiste. Agora breve, apenas o movimento giratório e contínuo de hélices que não podem empurrar o planeta, apenas captar o vento para energizá-lo. Não sabe o que acontece. Mas já soube. Também não compreende a ideia de morno, já a cor é a do fogo, a que explode como flores desabrochando e morrendo na escuridão infinita quando ele alveja as vértebras interceptadoras com o vulcão circular nas laterais de seu corpo debilitado. Nada mais o protege, os projéteis o rasgam, perfuram, ele se perde, se desprende, suas partes flutuando como as pétalas que caíam na estação do Recomeço. Pronto para mais uma morte, encerra a transmissão visual. Sem sentidos aumentados. Apenas o que há dentro. Dentro de quê?

Um voo tranquilo

A formação de triângulo perfeita dos Raposas Estelares se espalha por um céu sem nuvens, azulado e sob um único sol, como o longínquo planeta natal dos terranos.

Axel Vipero guarnece a ponta esquerda, de olho na liderança de Gládio Aleste, ao centro, mais à frente, em silêncio absoluto enquanto absorvem a vibração do ar surfado pelos caças Tipo-R. Na direita da figura geométrica imaginária está Luciano, o Abelha, o mais jovem do grupo, e no centro, mais atrás e mais acima, está Dário, o Tranquilo, como é ironicamente apelidado pelos companheiros.

A voz de Gládio entra dentro da cabeça graças aos implantes de interface Omni que todos os cidadãos do sistema solar de Illis recebem aos seis anos de idade.

– O exercício terminará em alguns minutos. Preparem-se para o pouso – diz o timbre metalizado mas limpo da representação intracerebral da fala do veterano.

– Raposa 2, entendido – diz Axel.

Após alguns instantes ouvindo apenas a música de batida constante e timbres sintéticos que toca ao fundo, vem a resposta em tom entediado.

– Raposa 4, entendido, comandante – diz Dário.

– Raposa 3, entendido. Mas sempre com aquele medinho sobre o que o Tranquilo vai fazer.

– Ah, cala a boca, Abelha. Eu estava fazendo uma oração. E já pedi para desligar essas músicas idiotas que fica transmitindo para a frequência compartilhada.

– Essa música é para manter a minha paz interior, isso deixa a gente mais concentrado para as manobras, queridão.

Axel suspira ouvindo as conversas paralelas e se concentra nas ordens do comandante Aleste para terminar bem o voo preparatório. Testes padrões nos dispositivos de controle e motor, tudo funcionando perfeitamente.

No cockpit da Tipo-R, o último modelo terrano desenvolvido desde antes da viagem interestelar que durou duas gerações, os manches ainda são manuais mas já oferecem retornos de vibração para auxiliar na sensibilidade do piloto sobre as condições da nave. Uma infinidade de sensores e indicadores podem ser acessados por pulsos mentais ligados ao implante Omni, ainda que as informações vitais para voo e combate também estejam em displays próprios. Uma cabine que acopla confortavelmente o seu piloto, preparada para uma ejeção espacial, com autonomia de algumas horas no mar de nada.

A pista de pouso no solo se estende até o horizonte, onde se veem rodando vagarosas as pás eólicas que captam os sopros do mundo.

Invasão

– Atenção. Míssil vindo – diz a voz do computador do Tipo-R.

Axel ouve, mas não reage.

– Míssil vindo – repete-se o aviso.

– Axel, mas que droga, eles te travaram, faça alguma coisa – chega pelo Omni a voz cheia de chiado de rádio de Meadara dentro da cabeça. Porém ele mantém o seu voo ascendente em alta velocidade, o nariz do caça Tipo-R virado para Illis, a estrela do sistema, esmagado pela força G que o faria desmaiar se não fosse pela roupa que mantém seu sangue nos lugares certos.

Perto da borda do planeta, o céu escurece, a altitude disparada nos sensores, e a presença irreal da maciça nave invasora.

Um gigantesco monstro biomecânico na forma de imensos pulmões humanos vermelhos, suas veias e ranhuras são tubos e conduítes com funções ainda desconhecidas para os engenheiros de Eden. Um robô com próteses orgânicas ou o contrário.

Tum-tam-tum. Tam-tuuum. Tum.

A música. Tons baixos, intermitentes, uma monótona melodia que carrega a sujeira de estática, às vezes captada e às vezes ignorada pelos sensores do avião de ataque, a única mensagem que os cientistas receberam para nos avisar da invasão, agora mais forte do que nunca desde que os Pulmões chegaram.

– Míssil vindo – o radar gritando.

– Que inferno, Axel!

– Mantenha-se no alvo, Meadara – diz uma voz vibrante de barítono. – Raposa 2, foco na missão. Aguarde suporte para retomar a formação.

– Negativo – diz Axel.

– Isso não é hora para desobedecer ordens. Se hoje não der certo, vamos ser destruídos – o rádio chia junto com o operador da missão.

– Por isso mesmo – Axel diz, no último instante em que seria atingido pelo projétil. Ele puxa o manche e aumenta a propulsão. O caça fica de ponta-cabeça no começo de um loop e o rabo de fumaça do tiro inimigo acaricia a sua já imunda fuselagem.

– Pra que fazer isso? – Meadara resmunga.

– Comando, vou entrar – Axel ignora a voz amada logo após nivelar a nave e acertar o curso na direção dos Pulmões.

– Negativo. Eu já disse que não tem suporte – responde a voz de barítono. – Espere a chegada de Raposa 3 e 4.

– Estão sem escudos, não sabemos por quanto tempo. Aceitarei as sanções, você já tem o meu código de militar – Axel franze a testa sob o capacete e inspira fundo para a dose de oxigênio e estimulante que o mantém em estado de alerta máximo.

O pandemônio de engenharia alienígena se expande no horizonte no limite da atmosfera do mundo. Os canhões de projéteis vomitam, protestando contra a audácia do edeniano que checa os sensores e arma o explosivo para bombardeio e, cada vez mais perto da estrutura, aumenta a força dos jatos, diminuindo suas chances de manobrar com sucesso pelo meio da fenda no encontro dos Pulmões.

– Maldição – diz a voz de barítono. – Raposa 2 precisa de suporte imediatamente.

– Eu não consigo, tem dois me perseguindo – diz Meadara.

– Relaxa. Ele se vira – diz Abelha.

– Raposa 3, comunicação restrita à missão.

– Por que não fala isso para a Meadara preocupadinha?

Sob o efeito da droga inalada, Axel pisca devagar, e nem o inferno de tiros que jorra para todos os lados nem as mensagens de combate que irradiam dentro de seus ouvidos o impedem de lembrar dos seus dedos empurrando e puxando pedaços de matéria inexistente em sua oficina. Ou a mão de Meadara em seu ombro enquanto sorria naquela última comemoração da academia de elite antes de serem parte dos Raposas Estelares. Ela exibia um dragão de fogo alaranjado que saía de uma estrela em cima da escápula amarelo-clara, vestia um delicado tubo preto que revelava suas pernas grossas e lhe envolvia as curvas da cintura e quadris. Segurava uma taça de espumante. A lembrança faz Axel sorrir. Quer repetir o convite, na próxima vez talvez ela aceite. Nem está mais com aquele cara tatuado, está?

– Míssil vindo – repete o computador, esforçando-se para parecer urgente como em todas as vezes. Axel mantém o curso fixo e agora a fenda entre os pulmões surge como um cânion. Deixa esse míssil vir, no final ele desviará.

No rádio, Gládio agradece a ajuda de Meadara ao Abelha, que solta alguma ironia. E se hoje fosse o fim, ainda assim seria bom, pensa Axel. Mesmo sem conseguir ver se a pele dela tem mais desenhos escondidos.

– Dano recebido – a nave levanta o nariz com o impulso vindo de baixo, mas é logo corrigida pelo hábil piloto.

Foda-se o relatório, falta pouco.

Os cientistas edenianos estavam certos, os Pulmões realmente se movem. Axel os vê se expandindo e diminuindo devagar, busca a abertura que irradia luz que um dos satélites de patrulha fotografou antes de ser dizimado. Não está em parte alguma. Talvez seja mais para o meio.

Detritos e fogo espirram das feridas que o monstro se autoinflige ao não conseguir matar o incômodo e ágil mosquito. O calor das explosões é palpável mesmo de dentro da Tipo-R. Mas o piloto se mantém firme, segura no braço com pequenas correções as sacudidas das correntes de ar violentas causadas pela respiração dos Pulmões.

Axel trava o maxilar e treme com as turbulências, o espírito fazendo as pazes com a temeridade que por fim o destruirá.

Será que ela gosta de pizza feita em casa?

Então uma obscena bocarra de carne e dentes mecânicos se abre adiante, mas é muito menor que as fotos estimavam. Vai ter que mirar bem. E dela sai um brilho cegante e em seguida um enxame desses interceptadores que os edenianos mataram, mataram e não mudou em nada todo o combate de defesa. Era como se fossem infinitos, fabricados para pronta-entrega no meio da invasão.

Olhando para o visor do cockpit e o feed de informações projetados dentro do canto da sua visão, Axel prepara a chuva de morte.

Mas o computador se recusa.

– Repetindo o relatório de danos. Compartimentos danificados. Bombardeio impossível.

Axel solta uma risada e balança a cabeça. Se Abelha lhe oferecesse um cigarro, jura que aceitaria.

– E os sistemas de suporte de vida, cabeçona? – Axel pergunta à Tipo-R chamando-a pelo apelido dado pela estrutura bojuda que carrega ne frente.

– Sistemas de suporte de vida estáveis. Sem danos.

O edeniano inspira fundo acompanhando o movimento dos Pulmões, ainda há interceptadores saindo da bocarra do monstrengo. O oxigênio vai ter que ser o suficiente.

A propulsão travada no máximo, Axel se mantém em curso de bombardeio até o último instante. Até virar o nariz e mergulhar para dentro daquele útero que dava à luz seus últimos filhotes.

Tum-tam.Tum. Tam-tuuum. Tum.

◆

As texturas abstratas de um quadro mal pintado que imitam o céu. Elas correm pela vista de Axel de dentro da pequena cápsula de ejeção que o afasta dos Pulmões, um alvo fácil para ser abatido pelos interceptadores. Mas eles estão ocupados demais cumprindo suas últimas funções, ignorando o impacto da cadeia de explosões que acontece dentro da gigantesca e agonizante nave-mãe.

O piloto espera o golpe de misericórdia, confere no display os seus sinais vitais em ordem, exceto pela pressão alta e os batimentos cardíacos em ritmo de sobrevivência. É de se esperar. Seu último comando pede a propulsão da cápsula para trás, afastando-o de onde sua aeronave se misturou à matéria alienígena incendiada pelas bombas. Enquanto olha para a borda do mundo e se imagina flutuando para o espaço, onde desaparecerá em poeira, nota que os Pulmões perderam estabilidade. Primeiro ficam pendentes, os fogos de artifício se espalhando por toda a sua pele, então descem de repente, acelerando mais e mais, um gigante cansado que precisa dormir. Porém o seu leito será o coração da cidade Capital, daqui de cima uma maquete muito bem feita.

Axel inspira fundo enquanto o sistema de suporte de vida lhe injeta um calmante para diminuir seus perigosos índices. Não adianta ter escapado da obliteração para morrer em um treco no meio da fuga. Quer ouvir uma música, talvez até cantar sozinho e escondido, mas dentro da cabeça reverberam os gritos no rádio de comemoração pelo sucesso da missão.

Tum-tam. Tum. Tam-tuuum. Tum.

Partilhar uma relação

– Os planetas do sistema solar Illis eram ameaçados por um misterioso inimigo. As forças indestrutíveis avassalaram as defesas externas e começaram a pressionar a nossa cansada frota. – Imagens da sombra de algo grande o bastante para cobrir a cidade vista de cima se intercalam com vídeos amadores feitos das próteses Omni de transeuntes que apontavam para a colossal presença de carne e metal surgida no céu. – Depois de meses de ataque tenaz e pouca compreensão sobre as motivações da invasão, a batalha final aconteceu sobre a cidade Capital, o centro populacional da maior região de Eden, nossa bela e nova colônia humana estabelecida há menos de cem anos terranos.

– Que é isso, está assistindo aula de escola primária? – diz Axel, segurando uma caneca na mão e sentindo o cheiro do café com pouquinho leite. Na outra, um pedaço de mortadela para completar o desjejum. – Já tiramos nossas certificações da Primeira Fase faz tempo. E eu diria que fizemos parte da História, então não tem como não saber.

– Mas a versão oficial nunca bate com a realidade. Até você sabe disso. – Meadara põe o teclado eletrônico de lado e começa a dobrar a tela transparente até sumir com a imagem que se projetava nela. Opção late com a presença de Axel e pula do sofá para ir cheirá-lo. Pula nas suas pernas para pedir carinho, apoiando sua pata protética direita enfeitada com padrões de ossinhos e lacinhos.

– Ei, Opção, que é isso, menina, tá empolgada hoje por quê? Ah, é isso que você quer? – Axel desiste da mortadela e deixa a cachorrinha de pernas curtas fugir com o petisco, balançando seu rabo de espanador. E voltando-se para Meadara: – Acho que isso é saudades de quando éramos jovens e bonitos.

– Deve ser. Vai aonde?

– Vou modelar um pouco. Hoje é dia de descanso.

– Pensei que iríamos sair um pouco para variar. Tomar um café que não seja impresso.

– Ah, eu gosto desse café mágico. Mas a gente pode ir lá no lugar onde escrevem nosso nome nos copos e nos cobram muito mais.

– Meadara não cai na provocação e passa direto por ele, indo para o quarto, seguida por Opção. Axel expira o ar e toma mais um gole da sua bebida. – Escute, você tem razão. É bom tomar um sol, Illis está linda e quentinha hoje. Já está pronta? Vou vestir algo.

– Só vê se não vai de chinelo – ela diz lá de dentro.

◆

Anos atrás, meses após a queda dos Pulmões, Meadara sorri quando vê cães e gatos nas gaiolinhas dispostas para a adoção.

– Ah, que lindinhos.

Axel a acompanha de perto, estavam saindo fazia menos de um mês e ainda era a fase de prestar mais atenção nas próprias atitudes para ver se as coisas firmavam.

– Olá, casal, tudo bem? – a moça da feirinha de adoção diz com um sorriso irreal e imaculado, em seu peito há uma tela mostrando vídeos de animais sendo resgatados no meio dos escombros. – Estamos com uma campanha de melhoria de créditos sociais para aqueles que derem um lar para esses bichinhos que perderam as suas famílias na invasão.

– Somos militares, isso não conta para a gente – diz Axel.

– Ai, fica quieto – diz Meadara com um empurrão no braço dele. – São vidas, não me importo com esse negócio de créditos.

– Mas claro – diz a moça –, é conhecido que os animais de estimação são ótimas fontes de afeto, compensando perdas ou aliviando a solidão dos adultos em suas vidas.

– Por favor, dona androide, menos. Apenas estamos olhando. – Axel cruza os braços e se apoia em um dos pés. Meadara checa cada uma das gaiolinhas até que solta um "nhóim" e puxa Axel pelo braço que havia empurrado.

– Olha essa, tadinha, que engraçadinha.

A bichinha é uma comprida de pernas curtas, pelos pretos formam nela uma saia que quase chega ao chão. Estava deitada e quieta e se levantou para saudar a humana que mia. Tem uma pata protética rosa que usa normalmente como se fosse orgânica. Axel acha ela mesmo lindinha e mete a mão na grade para ela cheirar. Recebe uma mordida que pega na unha do dedão e dói um pouco.

– Bem vigorosa.

– Quero ficar com ela, moça – diz Meadara.

– Que excelente escolha – diz a atendente, mostrando o seu melhor sorriso empático de aprovação. – Preciso apenas coletar a sua íris para registrar a tutoria com o governo de Capital. – Após Meadara cumprir a instrução, ela confirma que as informações foram captadas com sucesso e que agora será a feliz responsável pelo animal enquanto lhe for permitida boa qualidade de vida.

– Não é uma lindona, Axel? Só não gosto dessa patinha nesse tom de rosa meio sujo. Dá para trocar? – Meadara segura ela no colo, a bichinha com uma cara de assustada pela posição submissa diante da nova tutora. – O que acha de conviver com uma bebezinha dessas?

– É. É uma opção – diz Axel.

– Ih, ela mijou no meu braço, essa safada.

Abelhas Gêmeas I

Anos atrás

A nave desenhada com poucos pontos coloridos e luminosos se dissolve em pedacinhos menores, acompanhada do som de explosão.

– Nossa, isso é muito difícil – diz Axel, com os cabelos encaracolados que não conheceriam a calvície por muitos anos. – E ter que jogar com esse controlinho ligado por um fio. Só você mesmo para gostar dessas coisas.

– Se liga, isso é um clássico de séculos atrás – diz Abelha, seu sorriso com uma janela preta de dente faltando no canto. – Não faz ideia o trabalho que dá conseguir monitores em que ligar esses joguinhos. Só dá certo porque os colecionadores fabricam adaptadores para essas telas de hoje em dia.

– Eita. A gente saiu da Terra há tantos anos e ainda não esquece o que ficou para trás.

– É o que tem de bom, ué.

Neste momento o irmão gêmeo idêntico de Abelha, o calado Lúcio, pega o controle e começa a jogar. Lado a lado Axel só os diferencia porque o mais quieto é curvado e tem a pele clara ainda mais pálida. E Abelha usa a franja lisa e escura penteada pro outro lado.

A imagem acompanha uma navezinha em uma tela colorida mas pixelada, vista de lado, atirando infinitamente em ameaças que devolvem saraivadas para tentar destruí-la. Ele é imbatível.

Na sala de recreação D117B há grandes almofadas coloridas e dois ou três grupos de poucas crianças se aglomeram em volta de alguma atividade, como a leitura de livros digitais comuns ou interativos, jogos holográficos ou, como no caso do irmão excêntrico de Abelha, brincam em um exemplar de videogame do final do século XX, provido por Záxon, um pai que se divertia com a curiosidade dos meninos pelo que a humanidade era antes de partirem do planeta natal.

Axel dá um gole na bebida nutritiva e com baixo teor de açúcar de um dos copos grandes com canudos decorados pelos mesmos personagens das inseparáveis pelúcias coloridas pelas quais Abelha é fissurado desde neném.

– Sei lá – diz Abelha –, a gente que não é biológico nem sabe quem são nossas mães e pais.

– Todos aqui no Centro de Criação são nossos pais, Abelha.

– Não, Axel, não é isso. Você sabe do que estou falando. Gosto das mães e dos pais e tudo o que eles nos ensinam. Pô, o velho Záxon é demais. Me deixa jogar com isso daqui. Artigo de museu.

– Uma verdadeira velharia – diz Lúcio.

Abelha ignora e termina o raciocínio.

– Mas a gente não tem alguém para quem olhar e se ver mais velho.

– Você tem alguém para quem olhar que se parece exatamente como você.

– Azar o meu – diz Lúcio, destruindo com os canhões verticais da nave as torres inimigas dispostas acima e abaixo da estrutura mecânica por onde avança no jogo.

– Cala a boca, eu sou o mais bonito. – Abelha sorri passando a língua na janelinha entre dentes.

– Mas fala sério, Abelha. Essas conversas não são coisas de um cara de onze anos falar.

– Eu apenas falo o que penso.

– Fala merda.

– Não enche o saco, Axel. Tô dizendo algo importante e você fica zoando.

Axel respira fundo e tira a franja de cachinhos da frente dos olhos.

– Logo a gente vai para o ciclo final antes de sermos adultos. Aí a gente vai conhecer pessoas. Você pode casar com uma fêmea biológica e ter sua família. Ter filhos que saem dela e tudo, não de portas que nem a gente – e ele solta uma gargalhada.

– Não deveria ficar lendo coisas que não são da faixa etária recomendada – diz o irmão idêntico de Abelha.

– Se liga, Lúcio. Parece que não sabe como funcionam as coisas. A gente saiu de máquinas, mas porque caridosos humanos cederam seus...

– Eu já sei como é. Tipo. Só acho que apresentam para a gente as coisas que devemos viver na ordem que devemos viver. Tem uma razão nisso, não é à toa.

– Putz, olha o que você fez, Axel. Agora ele vai ficar defendendo o sistema de aprendizado humano. – Abelha toma um gole da bebida e se joga na almofada, olhando para o teto de pé direito alto e com muitas luzes espalhadas pela superfície branca.

– Não estou defendendo nada. Mas tem muitos anos de estudos aí. Muitos se esforçaram para entender como funciona a nossa cabeça.

– Caramba, fiz o cara calado desembestar. Onde é que desliga?

Lúcio o ignora e estala os dedos assistindo à animação de chegada do chefão de fase do velho jogo, um enorme monstro de lava que sai de um mar incandescente.

– Mas e você, Axel?

– Eu o quê?

– Não quer casar e ter uma família?

Axel lembra de todos sentados em volta e uma mãe apresentando no holograma do centro da sala a imagem de pessoas estilizadas, um cultivado, azul, e um biológico, amarelo, unindo as mãos. Um brilho intenso cresce do meio de seus corpos e surge uma criança verde. Ela diz com um sorriso que evoca carinho e acolhimento como é importante para eles, cultivados, se unirem aos biológicos, a manutenção da espécie garantida pela diversidade genética e cultural.

– Acho que as mães iam gostar, né?

– Eu tô perguntando de você. O que você acha? Fala o que você pensa, até o Lúcio falou.

– Ah. Eu queria mesmo é ficar sozinho.

Lúcio deixa o monstro derretendo para trás e sua nave parte sozinha entre a explosão e a música de vitória.

Chá

Pouco tempo antes da Operação Salamandra.

– Obrigado por ter me recebido – Meadara diz, entrando no apartamento que Axel mantém do mesmo jeito de sempre. Seus móveis velhos e surrados dividem espaço com pequenas esculturas feitas por ele digitalmente e impressas com muitos detalhes.

– Sem problemas – ele diz. – No Omni você não pareceu nada bem.

– Ah, eu não sei como lidar com esse fim do mundo.

– É para isso que pessoas como a gente existem. A gente enfrenta as grandes questões da humanidade e garante o modo de vida dos civis. Quer beber algo? – Axel pergunta, repetindo o script de suas interações, e ela responde satisfeita ao confirmar que ele agiria como esperado.

– Quero um chá. Você sabe qual eu gosto, né?

– Claro – ele entra na cozinha cheia de móveis e utensílios coloridos que ela tinha feito questão de comprar quando moravam juntos.

– Eu estou triste. – Meadara põe a bolsa na mesa de canto e senta no sofá, no assento que Opção havia dormido e mijado tantas vezes. Agradece a Axel pelo chá de boldo que só ela toma e ainda assim ele mantém disponível em sua casa.

– Pela missão?

– Também.

– Tem mais? Acho que nada é mais deprimente que partir para a morte. – Axel se senta ao lado dela com as costas rígidas. Então decide relaxar, jogando-se no assento com as pernas viradas para o lado contrário da ex-companheira.

Meadara toma o chá, bebericando devagar. Ele franze a testa e morde o lábio, o suspiro subindo por dentro em ondas, até que sai. Ela o acompanha no gesto.

– Brigou com o namorado?

– Eu não sei se é isso que somos – ela diz após soltar um muxoxo. – Mas sim. Briguei com o Abelha. Talvez o problema seja comigo.

Axel espreme os dedos na mão, pensa nas Mães do Centro de Criação e nas conversas idiotas que vai ter que ter quando perguntarem por que fez isso. Diz por fim:

– Acho que se você tem problemas no relacionamento, é com ele que deveria falar.

Meadara põe o chá na mesa de canto e começa a se projetar na direção de Axel, devagar como um maremoto que invade uma pequena ilha solitária. Deita-se no colo dele varrendo-lhe a areia, palmeiras e construções humildes erguidas com esmero por tantos dias de dedicação solitária.

Axel sente o rosto dela com a ponta dos dedos. A pele clara que tanto beijou no escuro ou que odiou ver no claro quando já não havia por que continuar. Ele conhece os volumes da sua carne, desliza por suas orelhas e sente-lhe o calor. Suspira de novo.

Começa a tocar a música que eles adoravam no Omni dela, mas Axel também escuta, pois a proximidade física ativa o compartilhamento e nunca nenhum dos dois teve a simples atitude de desabilitar a conexão instantânea.

Meadara se ergue no susto e balança a cabeça, vermelha talvez pela vergonha ou por estar amassada de deitar.

– Me dá licença – diz e sai pelo corredor, entrando no escritório de Axel, onde ficam a manipuladora holográfica de esculturas e seus equipamentos de trabalho.

A música é cortada da cabeça de Axel. Ele respira devagar, controlando-se. Olha para as mãos com raiva de si mesmo.

No sofá, no tecido onde Meadara sentou, há uma mancha do sangue de uma das pústulas de Opção quando a Doença passou a se manifestar nela.

Axel espera uns minutos. Por que foi receber ela em casa?

Levanta-se e anda pela sala, olhando para a parede vazia onde se projeta a imagem holográfica do Omni quando quer assistir a narrativas multimídia.

Da pequena varanda, uma exigência de Meadara quando procuravam apartamento e acabaram por optar por este, enxerga o horizonte de Capital e examina as áreas em quarentena vazias, seus muros de cercados e hologramas vistos pela realidade aumentada de "Proibido Ultrapassar – Zona de Doença" circulando pelo perímetro nos pedaços agora restritos e esvaziados. Presenças que deixam buracos.

Inspira fundo de olhos fechados e decide entrar no escritório da própria casa, onde Meadara está dançando e cantando devagar a música deles, falando baixo, miando, para uma projeção holográfica de Abelha.

Ela fecha a ligação girando os olhos e sacudindo a cabeça em negativa, Axel fica com a imagem do sorriso de Abelha ao percebê-lo entrar antes de sumir.

– Por que está fazendo isso comigo? – Axel grita.

– Que isso, Axel! Eu estava atendendo uma ligação.

– Sua maldita, eu te recebi aqui – ele diz para Meadara, que passa rápido por ele e apanha a bolsa.

– Recebeu. Eu sou muito grata.

– Por que fez isso comigo?! – O grito sai desafinado para tentar constrangê-la ainda mais.

– Olha. Foi um erro eu ter vindo aqui, Axel.

– O que você quer de mim?

– Você é meu amigo, ora.

– Amigo o cacete! Amigo a porta que pariu, sua biológica!

– A culpa é minha. Eu dei sinais errados. Eu estou indo embora. Obrigada pelo chá.

– Por que não me deixa em paz?

Meadara sai sem encostar mais em Axel, a porta fechando-se depois de sua passagem.

Axel I

O brilho de Illis e a distância da lembrança torna tudo mais branco e desfocado.

Axel é jovem, uma criança de poucos anos, nem sete, e olha dentro de um balde a água que dança inquieta após ser agitada. A sua textura joga os recortes da luz do sol de um lado para o outro.

Os pés descalços sobre a grama que rareia mantêm seu pequeno corpo de cócoras enquanto cava a argila da borda do barranco e a transporta para sua pequena obra. É como uma árvore de formato cônico ou piramidal, sua base é larga e vai se afunilando no topo, mas a dificuldade é encaixar troncos torcidos e fazer com que parem nas posições desejadas.

Luciano está ao lado agarrado a uma Abelha Gêmea de pelúcia nova e azul, um dos mascotes infantis que a Força de Defesa criou para incentivar o interesse das crianças pela carreira. Abelhas Gêmeas eram fofinhas, tinham braços nos lugares de asas e seus olhos sem pupilas eram os vidros dos cockpits.

A planta de massa que Axel cria nunca fica como ele quer e o pequeno artista sente como se a presença do amigo estivesse atrapalhando. Até que ouve dele:

– Eu nunca vou conseguir fazer igual.

Aquilo aquece seu peito mais do que o calor da manhã.

As Mães do Centro estão circulando e observando as criações e interações dos seus tutelados.

– O que temos aqui? – pergunta a Mãe Zelaide para o pequeno Axel, que tem a pele escura das mãos, canelas, pés e joelhos cobertos da terra seca mais clara.

– Não consigo fazer isso aqui parar. – Axel enfia o tronquinho que já refez várias vezes em um buraco no lado da sua escultura. Cai mais uma vez.

– Falta estrutura.

– Hã?

– Apoio. Algo que a mantenha no lugar. Como os nossos ossos.

Ela pega no braço de Axel e aperta a sua carne até massagear a parte firme do esqueleto.

Luciano olha para a Mãe com atenção, vendo seus olhos claros sem piscar, até que se sobressalta com o pedido.

– Me dê aquilo, Luciano – ela aponta para a toalha estendida onde há materiais de desenho espalhados.

– Isso?

– Não, um dos lápis.

O menino se ergue, vai até onde seu irmão gêmeo Lúcio está desenhando em um caderno e toma um dos lápis de cor à sua volta.

– Eu vou usar – diz Lúcio sem tirar os olhos do próprio trabalho.

– A Mãe que está pedindo.

Sem ouvir mais protesto, Luciano entrega o lápis para Zelaide, que sorri sem entusiasmo e mostra para o impaciente Axel o que quis dizer com "falta estrutura". Ela pede com a voz baixa e calma que o menino lhe entregue o tronco de argila e, ao recebê-lo, insere o lápis na base, enfiando-o até mais que a metade esteja dentro do barro modelado. Após apresentar para Axel o resultado, um pedaço do lápis saindo da base, ela recebe o aceno de permissão para trabalhar na obra do pequeno artista e o enfia com cuidado na lateral da planta de mentira. Desta vez o tronco fica no lugar exato em que o pôs, apontando para cima.

Axel sorri e Luciano solta um “Ohh”. Zelaide não se detém e se levanta para atender a uma chamada em seu Omni.

Os meninos ficam olhando aquela obra de engenharia, admirados. A Mãe se volta para eles.

– Meninos, recolham as coisas, temos que ir.

– Ah, mas agora que eu sei como fazer? – diz Axel olhando para baixo.

– Vamos, sem discussão. Vai começar uma chuva forte, e se não partirmos logo vamos ficar presos sem poder usar veículos voadores.

– Tá bem.

Luciano tenta ajudar Lúcio a juntar as coisas, mas o irmão não permite, pois ele está com as mãos sujas. Prefere arrumar sozinho os materiais de desenho.

– Eu não acabei ainda – diz Axel.

– Não se preocupe, eu vou fotografar para registro e escanear para virar modelo 3D. Aí você pode brincar com ela no escultor holográfico.

– Mas eu queria fazer aqui.

– Axel, é hora de irmos. E chegando lá vai ter que tomar um belo dum banho.

– Está bem, Mãe Zelaide.

Após capturar imagens e dimensões da escultura, Zelaide e outras mães instruem as crianças a se retirar logo, as nuvens que começavam a se formar já fazem do céu um ambiente cinzento.

– Vamos logo, Zelaide!

– Estou ligando para os pilotos virem nos buscar – ela diz de costas para as crianças, ao lado da planta inacabada de Axel com apenas um tronco posto no seu lugar. O menino joga o resto de água do balde no chão e ignora a insistência de Luciano para irem logo para a formação com o grupo.

– Não, não estou vendo ninguém – diz Zelaide. – Onde? Em cima? Ah, estou vendo agora. – A mãe ergue o olhar para cima e dá mais um passo para trás.

– Ai! Não!

– O que foi? Ah, Axel, me desculpe – ela mal se vira e dá alguns passos à frente. – Não, é uma das crianças. Te vi agora, estamos indo para a zona de embarque.

Axel olha para a escultura esmagada pela marca do sapato esportivo da Mãe. Não mais uma pirâmide, um vale de barro afundado. O tronco continua de pé, mas a sua ponta agora aponta para o lado.

Gládio I

Na hora em que a esteira começa a aumentar a velocidade, forçando que corra, mas sem poder se mexer muito para não atrapalhar a comunicação dos sensores grudados em sua pele com o receptor, Gládio solta o ar em pequenos sopros ritmados, controlando a respiração.

O assistente avisa as mudanças de ritmo, pede para que se mantenha dentro da área de captação, e logo anuncia o fim do teste físico.

– Excelente, senhor Gládio Aleste. Seu coração artificial está em perfeito funcionamento.

Mas ainda não posso voar, ele pensa.

– Se o senhor tiver alguma dúvida ou precisar de conforto psicológico – o assistente projetado continua –, o profissional de saúde designado poderá lhe fornecer.

– Sabe dizer se há novidades para o novo modelo de prótese?

– Infelizmente não, senhor Gládio Aleste. Posso te transferir para uma ligação com o profissional...

– Não, obrigado. Estou liberado?

– Sim, senhor. Por favor, siga pela seta no seu navegador Omni para encontrar a saída do prédio. Esta consulta e exame serão submetidos automaticamente para o comando e...

– Dispensar o assistente técnico.

O avatar silencia. E em texto, no canto da visão de Gládio, vem o complemento das informações exatamente onde tinha parado o anúncio, explicando que a fatura pelos serviços será responsabilidade da Força de Defesa Edeniana.

Quando o Omni indica que está fora do prédio, como se o brilho de Illis e o calor do dia agradável não fossem evidência suficiente, Gládio é surpreendido pelo abraço da sua filha e o barulho de jatos supersônicos imitados pela boca do filho, que carrega um modelo de Tipo-R pilotado pelo herói Vic Viper em sua mão.

Sua esposa surge e beija o piloto veterano delicadamente, sem se encostar muito por causa do suor.

– Ai, filha, seu pai está todo suado. Desgruda dele.

– Eu não me importo.

– Mamãe tem razão, querida. – Gládio sorri e a afasta com cuidado. E para o filho: – Esse modelo é delicado, não é melhor brincar com isso em um lugar que não quebre se cair?

– Ah, eu imprimo outro, qualquer coisa.

– Conseguiu fazer esse em casa? Muito bem detalhado.

– É, tem os modelos oficiais da Força de Defesa para baixar.

Gládio espreme os cantos dos olhos enrugados com o sorriso silencioso e pensa no esforço dos militares em manter a mente jovem estimulada com a mágica das máquinas de guerra e a brincadeira das batalhas. Jogos em rede gratuitos, modelos de armas e naves disponíveis para impressão em casa sem custos que não fossem dos próprios materiais.

– Não sei se gosto que você fique brincando com essas coisas de guerra, filho – a esposa cruza os braços.

– Ah, mãe, que saco. São as coisas do trabalho do papai.

– E o que você acha desse trabalho? – diz Gládio, mantendo o sorriso.

– Eu já te falei mil vezes. Vou entrar para a academia da Espaçonáutica. Quero ser um piloto de defesa como você.

Um piloto que não pode mais voar. Gládio fecha os olhos por tempo demais. Ouve o som de jatos vindos do céu.

– Ótimo. Então para isso tem que estudar muito, não é mesmo? Vamos para casa, seu pai deve querer um banho. E depois o almoço especial que eu prometi.

– Eba! – grita a filha, e sai correndo na direção do estacionamento, seguindo a faixa determinada para sair da zona de levitação.

Após alguns instantes, o filho fala alto:

– Vem, pai. Que houve?

Gládio está olhando para o céu, mas não há ninguém voando, apenas o veículo híbrido pessoal que saiu do estacionamento há pouco.

Operação Salamandra I

A hora chega e Gládio está de pé, rígido e firme como uma rocha, ao lado de um extenso holograma que se abre de uma plataforma chumbo do chão, preenchendo o cômodo largo e vazio.

– Minha conexão está dando pau – diz Abelha, levantando a mão.

– Quieto, já estabilizou. Ele vai começar a falar. – Meadara está projetada ao lado dele, marcando a presença na reunião virtual. Ainda que cada um esteja em seu espaço, o programa de conferência os distribui circundando o apresentador, que caminha devagar no meio da representação da galáxia que flutua em cores brilhantes, suas muitas estrelas como grãos de poeira que não se movem com o ar.

– Pode começar, comandante – diz Axel, com o cenho franzido e esvaziando o peito com um suspiro. Nota que Abelha envolve a sua ex-namorada com os braços bem na hora em que ouve a sua voz.

Em volta há mais presenças imateriais, cerca de vinte pessoas.

– Bom dia a todos – diz a voz de barítono de Gládio. – Vou começar a explanação da operação. Já faz quase vinte anos edenianos que os Pulmões chegaram e foram vencidos em nosso corajoso ataque.

– Corajoso e ousado – alguém diz. Axel baixa os olhos, mas repara que Meadara vira em sua direção.

– Não interrompe.

– Obrigado. – Gládio dá um passo de cada vez, certificando-se de que vai manter o equilíbrio. – Desde que a infecção alienígena começou a se manifestar, percebemos que todo o avanço tecnológico obtido em nosso contato com os Pulmões estava em xeque. Se daquela vez nos defendemos de uma invasão externa, agora estamos sendo destruídos de dentro para fora.

Axel vê Opção deitada na caminha, sem reagir quando lhe mostra a coleira.

– Essa maldita Doença!

– Por favor, senhores – Gládio controla a voz para não expressar irritação. – Sem disciplina, a nossa sobrevivência, que já está difícil, será impossível. – O círculo se contém, as expressões são mistas, mas todos olham para baixo ou para dentro de si mesmos. – Sem mais delongas, apresento-lhes a Operação Salamandra. – Surge no holograma o nome da operação, projetado em um movimento circular lento para ser legível de qualquer lugar da sala. – O primeiro fato e o mais relevante de todos: vocês viajarão sozinhos. A Doença acabou com nosso contingente e há uma discussão cansativa sobre a eficácia daquilo que farão. Muitos insistem em um êxodo que pode levar não se sabe quantos anos terranos, mas entre o grupo que eu sigo está a convicção de que, se não encontrarmos uma cura para essa Doença, a humanidade será encontrada pelo império biomecânico em outras colônias. Isso se já não foi. É só questão de tempo.

Tum-tam tummm tam-tummm

– Esta música é a única transmissão que conseguimos decodificar dos invasores. – Gládio muda o pé de apoio, descansando a outra perna. – Sem nunca parar, ela apareceu primeiro em nossos radares e todos que lutaram na Batalha da Invasão lembram de como ela surgia atravessando as frequências. Acreditamos que, seguindo em direções diferentes, podemos encontrar estações de transmissão. É lá que devemos instalar nossos rebatedores.

Axel vê os campos de pás eólicas. Se pergunta se terá oportunidade de estar nesses campos de novo em vida.

– Cada nave que pilotarão está desenhada para viagens longas, estou falando de meses, muitos meses – diz Gládio –, e é capaz de reciclar materiais obtidos de asteroides ou mesmo de lixo espacial gerado pela destruição de inimigos para se reabastecer e fabricar a própria munição.

Axel ouve uma das Mães do Centro proferir aquela sentença

definitiva. Os pilotos em sua volta estão resignados. Se segura para não olhar na direção de Meadara e seu novo companheiro.

Um modelo tridimensional da nave surge no meio da sala. Ela é uma estranha mistura de um caça de combate enfiado dentro de um coração humano.

– Parece um coração – diz alguém, soltando uma risada.

– Melhor do que um pau.

– Como vocês são escrotos.

– Só estamos tentando aliviar a tensão. Relaxa.

Gládio sorri e o bom humor dos suicidas recupera sua fé.

– Muito boa essa energia. É disso que precisamos. Mas devo lembrar-lhes, estão aqui porque assim desejaram. E seus contratos de sigilo não foram assinados à toa. Mesmo assim, apenas voluntários fazem parte desse destacamento e desistir é permitido. Quem quiser será realocado nas missões de preparo para o êxodo ou a defesa do planeta. Mas não se enganem, edenianos. A luta que travaremos é pela sobrevivência de nossa espécie.

Axel já se vê a bordo de um desses estranhos corações deixando Eden, o planeta adaptado com tanto cuidado por três séculos para ser abandonado em menos um de ocupação. Agora doente. Ou seria a presença dos Pulmões a cura que essa terra precisa para se livrar de nossa infecção?

Delta I

A luz de Illis cobre a pele de calor e os veste contra a brisa que lufa ríspida. Pás eólicas tentam capturar os sopros da longa tarde de Eden a distância.

– Toca um negócio aí no Omni pra combinar com o papo, mano. Mas faz sair na caixinha, não quero música dentro da cabeça. – Abelha enxerga no canto de sua visão a escolha de Axel por *Solitary Man*, de Johnny Cash. A bolinha em cima da caixa resfriadora se acende e começa a tocar os acordes de violão. Ele ri e diz: – Para variar, né?

– Se é para eu escolher, aguente.

– Tô zoando. – Assolados pela temperatura caindo em seus corpos vestidos para o calor, Abelha ouve um pouco da canção e inventa seus papos-cabeça esporádicos. – Por que você quis ir para a academia da Espaçonáutica?

– Para sair das garras do governo – Axel responde quase que de imediato. Coça os olhos que lacrimejam pelo vento.

– Não entendo esse papo de sair das garras como se isso fosse ruim. O governo mantém as nossas vidas – Abelha beberica da cerveja tirada da geladeira portátil. Axel também pegou a sua e fecha o receptáculo, ouvindo seu lacre hermético. Então limpa a borda da lata e lhe estala o fecho, que sibila, beijando a espuma que sai com a pressão. – E vai manter pelo menos até os vinte e seis anos se continuarmos estudando e nos preparando para servir à colônia – Abelha complementa após se refrescar com o amargor da bebida.

– Vai nos manter funcionando se a gente se dispuser a funcionar depois – Axel diz com os olhos fixos nas turbinas eólicas.

– Sim, ué. Somos parte disso. Por que haveria de ser diferente?

– Só falta você vir falar a favor do Auxílio Família.

– Cara, ter despesas semanais básicas pagas até o primeiro filho completar dezoito anos? É basicamente o governo dizendo que a gente só vai ter que se preocupar em educar a criança.

– Isso se você arrumar uma biológica para casar. E decidir se reproduzir.

– Tem tantas, ué. Ou quer ficar com alguém do Centro de Criação? Até tem algum benefício do governo se você se engajar com as atividades de preservação. Talvez lecionar ou dar suporte afetivo. Muitos pais e mães lá dentro são casados entre eles.

– E se eu não quiser viver com ninguém?

– Ficar ainda mais isoladão? – Abelha ri, mas Axel não, apesar dos lábios colados e esticados sob as bochechas. – Desculpa, cara. Talvez eu esteja falando do que não devia. Talvez a gente esteja falando do que não devia. A gente é adolescente. Temos é que curtir.

– Já temos dezoito anos.

– Deixa eu completar: este desfruto aqui, a cerveja e o ócio remunerado, é um direito daqueles que se dedicam a servir o planeta e suas defesas e missões de exploração espacial.

Axel vira a cerveja em dois ou três goles longos e fica segurando o invólucro vazio. Diz:

– Antigamente o que as máquinas fazem nas fábricas era feito por gente que ficava horas de seus dias repetindo procedimentos.

– Porta que pariu, cara, de onde veio isso? – Abelha diz enquanto acompanha com os olhos um veículo voador de aluguel que começa o procedimento de pouso ao lado do mirante.

– Só estou brincando com a ideia de que a gente sempre encontrou formas de ocupar a vida das pessoas e preenchê-las com esvaziamentos e tédio.

– Nossa. Muito chato. Na boa. Estamos em outro planeta. Você fica ouvindo música velha e é obcecado por uma época que nunca vamos entender.

– Mas somos os –

– Beleza, mano. Dá licença que tô vendo uma coisa.

Desceram do táxi voador quatro garotas com roupas que seguem as últimas tendências, fazendo poses para o dispositivo flutuante que as filma. É como a caixinha de som dos rapazes, mas no formato de um gatinho. Além de captar os movimentos, dispara a música de batida eletrônica e melodia ágil, com timbres engraçados, até dar espaço para o canto em uma língua estrangeira, resgate dos pops asiáticos do século XXI da Terra, moda entre os jovens edenianos. É a trilha sonora para uma transmissão ao vivo para o Omni legendada como "Uma tarde melancólica surfando no vento que voa". Por conta da proximidade e pelo sistema julgar relevante, o preview da live das meninas aparece nos cantos das visões dos rapazes. Abelha abre e repara nos sorrisos e entusiasmo delas por alguns segundos, uma loira de olhos claros e rosto alongado lhe chama a atenção, onde foi que a viu?, então fecha.

Ela vai lá para baixo, corre pela escada da estrutura e salta para dentro do campo de mato comprido e amarelado no pôr do sol.

As outras saem dobrando papéis e criando ases para flutuar e planar pelos sopros.

– Vai começar a disputa de quem fica mais tempo no ar! – uma grita.

– É claro que os modelos deste ano são mais arrojados e os fracassos passados serviram de lição para as engenheiras refazerem suas naves – narra uma outra, posando diante da garota que está filmando com seus próprios olhos aumentados.

Abelha silencia as sugestões do Omni com o modo Não Perturbe. Somem do canto da visão as prévias dos vídeos, que nada mais são do que narrações e ângulos de câmera distintos nos perfis das garotas sobre o mesmo conteúdo. Dá um tapa no ombro do amigo, que até desliga a música tristonha de Cash e encosta os cotovelos no parapeito, apoiando-se de costas enquanto boceja.

Axel observa o jeitão de andar de Abelha, que já ouviu garotas e garotos descreverem como sexy. Banhado pelo dourado e projetando sombras que se deitam na grama, o gêmeo chega até o lado da moça loira, que é bem gatinha mesmo, como a sua caixa de mídia.

Ele oferece uma bebida e ela sorri, abrem juntos os invólucros e começam a conversinha enquanto, de vez em quando, ela lança olhadelas para Axel, que os observa de longe.

O barulho do vento fica audível, forte o bastante para se tornar gelado e derrotar o calor de Illis cada vez mais baixa no horizonte. Na mãe Terra era no Oeste que o sol se punha, mas em Eden é o contrário.

Mais uma vez pensando no mundo que matamos, Axel se faz de durão, ignorando a atenção que a moça que atraiu Abelha lhe dá com olhadas regulares. Eles agora tiram selfies com o auxílio da bolinha flutuante.

Quando os aviões de papel voam pelos ventos fortes, uma leveza inunda Axel, ignorando os gritos e torcidas do concurso transmitido para todo Eden – mesmo que restrito ao público dos perfis das organizadoras. – Imagina que se estiver acima da terra e das coisas mundanas poderá apenas flutuar. Um voo solitário e sem pensamentos, livre do medo de ser.

Meadara I

A adolescente Meadara ouve o diálogo já decorado do holodrama favorito e completa as frases na cabeça antes que os personagens as terminem. Uma velha história sobre uma mãe solteira que faz o melhor para cuidar da filha sem o apoio da família rica. Porém a sua mãe no mundo real não está em casa e mal responde às mensagens enviadas pelo Omni. Ela as recebeu, tomou memória, mas simplesmente decidiu não responder. Meadara sabe disso porque o gerenciador social lhe mostra.

A agenda cuidadora se materializa no canto da sala com sua cara descolada.

– Bom dia, Meadara. Daqui a duas horas começam as aulas. Fez tudo o que tinha que fazer em casa? Arrumou as coisas?

Meadara não responde e muda, pela interface flutuante do relógio Omni que cobre a tatuagem nova no braço direito, o cabelo da boneca virtual para um corte diferente, com a franja em um declive desalinhado, em diagonal. Não se satisfaz com o visual do avatar criado à sua imagem e semelhança e decide manter a própria aparência por mais uns dias. Corta o diálogo antes que a agenda termine e muda de ambiente.

Chegando na copa, enfia as louças do desjejum na higienizadora e pede um chá verde para o dispensador de bebidas.

Revê as mensagens para a mãe, que escreveu em texto mesmo, no canto da visão ampliada.

"Oie.

"Vai ter leitura dos melhores artigos na academia de cadetes hoje à tarde.

"O meu foi selecionado.

"Fala sobre a fuga dos jovens de Capital e a busca por outros lugares menos cheios.

"Acho que tem a ver com as nossas conversas.

"De como a vida nessa loucura deixa a gente isolado. Trabalho remoto é mais saudável, né.

"Tá fazendo o tratamento direitinho? Tomando os remédios?

"Você pode assistir por esse link mesmo aí do outro lado de Eden.

"E começaram as aulas de voo no mês passado.

"Enfim. Manda um oi, espero que não esteja muito frio aí.

"Beijinhos."

A mãe recebe e toma memória das mensagens. Quatro horas e meia depois, responde:

"Maravilha!

"Vou ver a gravação. Corrido demais aqui.

"Não deixa a casa sem comandos."

Meadara apaga as mensagens logo que as recebe e lê, imediatamente, prestes a subir no palco no meio da ovação pelo anúncio de seu nome. Fardada, o cabelo comportadamente arrumado, a barriga encolhida e os medos espremidos junto com a frustração. Apoia as duas mãos sobre a bancada e foca a visão perfeita no seu texto projetado acima do público para começar a lê-lo.

Operação Salamandra II

– E é por isso que não precisam temer se morrerem – diz Gládio, e absorve o silêncio e as respirações presas no peito dos seus voluntários.

Um rapaz de pele clara pede licença e se desconecta, deixando em seu lugar apenas a mensagem holográfica brilhante: *Conexão perdida.*

O velho piloto sente o seu coração impresso trabalhando rápido, sacudindo-se no peito. Ele suspira e diz:

– Que fique claro que tudo a que tiveram acesso aqui é confidencial, conforme os contratos assinados, e a divulgação do conteúdo será punida pela lei marcial e...

Mais três, quatro, oito pessoas se desligam da reunião e largam para trás apenas o lembrete visual de que não estão mais disponíveis na conferência do Omni.

A imagem de Meadara cruza os braços e Abelha a traz para perto, aproximando-a para encostar a cabeça em seu peito. Axel desvia o olhar para o chão após presenciar isso.

Tum-tam tummm tam-tummm

– Chamem isso de pesadelo, mas é a única chance para que possamos atingir distâncias tão grandes com a tecnologia que temos.

Mais silêncio, braços cruzados e olhares para o chão, alguns sorriem de nervoso, muitas testas franzidas.

– Com a sua liderança, eu não tenho medo. – A voz de Axel parece alta demais, como um grito em uma biblioteca.

Gládio fecha os olhos devagar e absorve as palavras do seu preferido. Seus braços estão para trás, pernas afastadas, como se em posição de descanso. Velhos hábitos militares não vão embora.

– Ficar aqui não vai adiantar muita coisa, comandante – Axel aumenta ainda mais o tom. – Seria aceitar o estado terminal da Doença e tentar viver em hedonismo para depois abraçar a morte. Que seja com raiva, lutando, indo em direção a ela.

– Esperança – diz Meadara, quase que para si.

– Isso.

Abelha abre um sorriso e olha para dentro de si, mesmo que estivesse se segurando para não apoiar o rival no amor de Meadara.

– Uma esperança de tolos – gargalha o gêmeo. E todos que ficaram na reunião o acompanham, aceitando a deixa para relaxar.

Gládio dá um passo à frente e mantém os braços para trás, alternando a atenção nos rostos esperançosos por um incentivo que lhes dê certeza de que o que fazem é a melhor opção. Após respirar fundo e soltar o ar, diz, com o peito aberto:

– Poderão contar com a minha liderança, mas da torre de comando.

Axel balança a cabeça e nem repara que logo em seguida mais duas pessoas se desconectam da sala.

Meadara se desvencilha de Abelha e vira as costas para a reunião.

Gládio II

O nariz da Tipo-R aponta para baixo e a gravidade a chama para o centro do planeta.

O altímetro corre para acompanhar o desnível, mas tem que se esforçar, pois além da queda o piloto acelera o caça.

– Porta que o pariu. Ele é louco.

– Ele está te ouvindo, Abelha – diz Axel, não sem se impressionar.

No último momento Gládio desenha a parábola para receber a injeção de adrenalina e mostrar aos jovens o que nunca fazer.

A montanha-russa se acalma e o veterano inspira o oxigênio ao estabilizar o avião. Porém, enquanto os seus liderados brincam com a sua imprudência, a visão embaça e a cabeça pesa, afunilando a sua realidade para dentro de um túnel desfocado.

Cada piscada é como a última, o sangue não decide aonde ir e o gelo o percorre por dentro. O assistente virtual de bordo reage pelo aumento absurdo da pressão arterial e emite os avisos.

– Líder Raposa? Responda! – diz Abelha. – Ah, não.

– Torre de comando, vocês copiaram?

O calmante injetado pelo sistema de suporte de vida faz com que Gládio expire e encoste o capacete no banco, esperando um sono tranquilo e final.

– Sim, Raposa 2. Abortar exercício, iniciando controle remoto e despachando drones de auxílio.

– Líder Raposa?? – grita Abelha de novo.

A mão do filho de Gládio segurando o modelo de caça por baixo, sua fuselagem de plástico refletindo a manhã branca de inverno.

◆

– O senhor nunca mais poderá voar.

Gládio ouve em silêncio e não rebate ou contesta a sentença.

O médico fala mais algumas coisas sobre como o seu coração foi destruído pelos abusos e os acidentes vasculares foram minuciosamente tratados por robôs de limpeza, mas isso deixará sequelas e o seu sistema nunca mais será o mesmo.

– O coração artificial vai cumprir as funções esperadas e o senhor gozará de uma vida tranquila ao lado de sua esposa e filhos.

Quando o doutor sai, a família entra, e no meio do quarto sem cor ou calor vem o afeto. Sua filha recebe bronca por pular sobre ele e o filho põe o modelo de caça na mesa lateral do leito. Gládio olha para o filho que o observa sério, segurando a sua mão, enquanto a esposa impede a menina de encostar nos curativos. O pequeno caça treme com um esbarrão do corpo da filha.

◆

Sentado na varanda de uma propriedade afastada, Gládio procura no céu qualquer voo que não seja de veículos particulares ou aviões comerciais.

Pode correr e brincar com os filhos, não sente qualquer problema no peito ou na cabeça, por que não voar?

A esposa o acolhe com o cuidado constante e até irritante e no ardor de seu corpo quando há intimidade. Se pode amar, por que não voar?

O trabalho como instrutor ajuda, mesmo que a sua amada não concorde, acha que leva a sua cabeça para os dias alados, mas ver Axel em sua genialidade é inspirador. Abelha e Meadara são bons, Dário ainda mostra aquele desinteresse, mas todos do esquadrão dos Raposas Estelares são. Mas Axel é mesmo algo a mais, faz com que tudo pareça fácil. Vê-lo no céu é bom, mas não é o mesmo que voar.

Quando uma presença gigantesca traz a noite durante o dia sobre Capital, Gládio recebe uma chamada no Omni para se apresentar à luta contra a invasão dos Pulmões.

Mas na torre de comando no solo. Não para voar.

◆

Gládio cola a delicada peça com o auxílio de uma lente ampliadora na mesa. O galpão das bagunças do piloto veterano tem as portas escancaradas para receber o ar puro. Ao fundo, bem distante, veem-se as pás eólicas espalhadas pelas colinas verdes. O menino assiste ao labor do pai com curiosidade, ainda que às vezes boceje.

– Não gosta de modelos, filho?

– Ah, é que dá para imprimir os arquivos que a Força deixa pra baixar na Omni. E já vêm com cor e tudo.

– Esse também está impresso. Mas não está montado. Quando a gente tem que montar e pintar, age como se fosse uma impressora.

– Não, porque não tem nada saindo de você.

– Você entendeu – Gládio sorri. – E a impressora, também não sai nada dela. Ela pega os materiais e organiza eles de acordo com a informação recebida.

O menino fica em silêncio enquanto o pai segura a peça plástica com um palito em uma mão e, munido de um finíssimo pincel, pinta com precisão incrível pequenas linhas e pontos para representar os comandos e enfeites em volta da cadeira do cockpit.

– Eu estou feliz que a gente venceu os Pulmões – diz o filho. Gládio olha para ele e vê naqueles olhos grandes, a pele limpa e firme da juventude em volta, a certeza de que está vivo por mais um dia. – Mas e se eles voltarem?

– Estaremos mais preparados. – Gládio franze a testa e inspira o ar devagar enquanto continua o trabalho minucioso. – Não quero dizer muito, mas talvez a vinda desses alienígenas tenha sido uma bênção.

– Como assim?

– A gente está aprendendo muito com eles. Com as máquinas deles que conseguimos recuperar e estudar, sabe?

– Sim.

Gládio sente o coração artificial acelerando. As conversas no meio militar falam nas tecnologias de manipulação biológica e a integração com máquinas avançadíssimas que os invasores possuem. É inegável o quanto isso está impulsionando o entendimento humano no desenvolvimento de impressos de matéria orgânica com precisão genética.

Quando a esposa chama para o almoço, o modelo de caça inacabado é deixado na mesa. Pedaços impressos, tinta, pincéis. Sem a montagem que lhes dê coesão, a informação que os reúna na ordem correta, são um conjunto de nada.

◆

Assistindo a uma animação para a família na sala, Gládio ouve o riso da filha em meio à música e à interação dos personagens no espaço tridimensional separado para as projeções. A esposa tem o filho no colo, deitado com as pernas encostando nas do pai que está no outro canto do sofá. No chão há brinquedos teimosamente não recolhidos.

Gládio ignora duas ou três notificações do Omni no canto do olho e se prepara para desligar o acesso neural para se concentrar no momento com seus amados. Até que a notificação se repete. Resolve abrir e vê que é do Centro de Desenvolvimento da Força de Defesa.

O líder de pesquisa precisa que ele retorne imediatamente a ligação. É sobre o novo programa de próteses. Gládio lembra de quando colheram amostras genéticas de seu sistema circulatório para estudar a replicação. Seria a humanidade capaz de lhe imprimir um coração orgânico novo e identicamente genético?

O piloto olha para o modelo de caça de brinquedo enfiado nas fibras sintéticas do tapete. Impresso a partir do arquivo baixado no site da Força de Defesa.

Surtida

O túnel artificial é um nascimento que nunca termina. Axel sacode a perna impaciente lidando com todos os sensores, mensagens e confirmações da torre de comando da estação de defesa lunar.

Lembra-se da última decepção.

◆

– Por que você decidiu não vir se a cirurgia foi um sucesso e tem o aval dos técnicos? – ele diz a Gládio, que está de pé em sua frente, mas fora de alcance. – Não entende o que isso está fazendo com o nosso esquadrão?

– Axel, você tem toda as credenciais para ser o líder dessa missão. Eu estarei aqui de piloto reserva.

– Você acha que tem a ver com capacidade de liderar ou qualquer coisa assim? Estamos indo para provavelmente nunca mais voltar! Precisamos dos melhores se queremos chance.

Gládio pensa nos filhos correndo na grama verde da casa distante de Capital, perto das pás eólicas onde o sopro da brisa é constante e se sobrepõe ao leve murmúrio dos giros de vento capturado.

– Alguém tem que defender Eden – o veterano piloto diz, inerte, de trás da zona de quarentena que armaram para ele. Um apartamento confortável com toda a mobília, facilidades e entretenimento que precisa. Apenas está sempre só.

– Defender do quê, Gládio? Defender do quê? Já fomos invadidos. Os biomecânicos venceram.

– Então eu devo morrer aqui perto da minha família. – Gládio pensa na Doença que pode ou não destruir o formidável piloto do outro lado do vidro se entrarem em contato. Uma aposta que não aceitaria.

Axel se cala e se afasta da parede transparente que separa o comandante do antigo aluno. Pensa nas mães do Centro de Criação e no mau humor de Zelaide, que sempre reclamou de como ele gosta de ficar sozinho. Abelha e Meadara também perderam aqueles que amavam. Pensa em Opção se erguendo no momento final, não pôde sentir o cheiro dos chulés de suas patas por causa da roupa de proteção de infecção.

– Está certo, comandante.

– Não me chame disso, você que é agora o líder comandante das Raposas Estelares.

Gládio não move um músculo da imagem estoica de seu rosto. Ele sempre forma essa parede de não-expressão, mas Axel vê as explosões solares dentro do seu peito.

– Tá bom. Apenas não me culpe se eu cagar com tudo.

Gládio não resiste e sorri, erguendo a mão em um punho que encosta no vidro. Alguns instantes depois, Axel devolve o gesto e se unem, separados pela barreira.

◆

O túnel acaba após um trilho de luzes intermitentes e liberta os desbravadores suicidas para o nascimento no meio do mar de vazio que é o espaço.

Axel inspira fundo o oxigênio do cockpit aclimatado e a Coração flutua pela força dos motores. Se o piloto tirar o capacete e enfiar a cabeça para fora, não haverá mais ar batendo no rosto.

Ao contrário da Tipo-R, o habitáculo da Coração parece mais integrada ao corpo dos pilotos. Além da roupa viva que incha e desincha para proteger o fluxo de sangue nas acelerações e manobras, há sensores grudados à pele em pontos importantes e catéteres intravasculares que colhem amostras e injetam medicamentos de acordo com a necessidade. Sondas para coleta de eliminações corpóreas que são imediatamente dissolvidas e armazenadas para uso posterior em hidratação e até curativos das partes orgânicas do veículo e de quem o pilota. Uma integração completa do maquinário com o corpo, os avisos e demonstrativos de informação chegam por realidade aumentada, dentro do campo de visão graças à integração com a Omni, sons, diálogo com a inteligência artificial do computador de bordo e até mesmo pequenos estímulos táteis se tudo falhar, como vibrações e leves choques que comunicam avarias na fuselagem da nave ou alertas.

– Todas as unidades, checagem – Axel diz com a mais controlada voz que consegue. Gládio ainda deve estar ouvindo em tempo real.

– Raposa 2 pronto, líder Raposa – diz Abelha.

– Raposa 3 pronta. Vamos nessa – diz Meadara.

– Ok – diz Dário.

– Raposa 4, você está mesmo pronto para esta missão? – diz Axel, franzindo a testa.

– Sim – responde Dário.

Axel retraça mentalmente o primeiro ponto de separação do grupo, após a travessia do campo de asteroides.

Tu-tam-tumm. Taammm-Tummmm.

Axel respira fundo.

– Bom, há vários esquadrões indo em direções diferentes para procurar a origem da música. A melodia dos biomecânicos ainda chega forte aqui. Depois que atravessarmos o campo de asteroides, nos dividiremos em missões individuais, cada um vai para um lado.

Abelha não diz nada, mas fica atento para ouvir algo de Meadara. Não dá outra.

– Ah... Raposa 1, eu...

Axel sente um frio na barriga. A mão até formiga. Espera mais alguns instantes e Meadara não completa a comunicação que começou. Sem novidades.

– Er... Os relatórios dizem que há interceptadores inimigos no meio dos asteroides – diz Axel, retomando a missão. – Além de termos que abrir caminho para prosseguir, vamos confirmar as capacidades de aquisição de materiais das nossas naves para que possamos continuar.

– E de combate também, claro – diz Abelha.

Dário abre a transmissão, mas não diz nada. Ouve-se apenas sua própria respiração.

◆

Primeiro eram grãos de areia atrapalhando a textura das estrelas, então cresceram para preencher a visão dos Raposas.

– Passamos da lua faz tempo, aí está o nosso campo de batalha. Vamos honrar os esquadrões que seguiram para direções diferentes. Sem exibicionismo, não entrem no meio dos asteroides – diz Axel. – A ideia é atrair os batedores deles e sair para combater pelas bordas.

– Meio louco pensar que sempre voltam mesmo com tantas missões de limpeza feitas por nós – diz Meadara.

– Eles sempre voltam – diz Abelha. – Estamos encurralados na droga do nosso planeta.

– É inútil.

– Quem disse isso? – Axel não segura a rispidez da voz. – Dário, foi você?

– Preparado para luta – diz Dário.

Axel dispersa a irritação que vem e volta checando no canto do olho as informações de carregamento de armas da Coração. Laser direto, vulcão circular, macromíssil, funções básicas completas e confirmadas. Testes bem sucedidos.

– Instalação das armas completa. Boa sorte – diz o computador.

– Obrigado – diz Axel. Pensa no que Gládio faria se estivesse lidando com um piloto instável como Dário. E, abrindo a transmissão, diz: – Equipamento preparado, formação de batalha.

Cada uma das naves abre os compartimentos para armamentos e os propulsores para as manobras de combate. Formação de quatro dedos com Abelha, Axel no centro avançado, Meadara e Dário, o Tranquilo, por último e mais recuado.

– Estão vindo.

– Venham, desgraçados. – Abelha pensa em Lúcio.

Os caças biomecânicos são como vértebras de uma enorme coluna humana segregadas de seu organismo. A imagem do escâner das Corações mostra o formato característico com três pontas, como uma coroa, e um corpo mais arredondado embaixo. A fuselagem é porosa, textura de ossos, ainda que haja pontos brilhantes e mecanismos enfiados nas reentrâncias que indicam combustão e propulsão para seus movimentos. Os primeiros surgem tímidos, não mais que uma dúzia, esperando a vinda dos edenianos sem qualquer comportamento agressivo.

– Mantenham a aproximação na borda do campo de asteroides.

– Só tem isso mesmo? – diz Meadara.

– Prosseguindo.

Então uma rajada de laser vem de trás e destrói uma das vértebras que aguardava quieta como se tivesse nascido para morrer naquele tiro. Seus resquícios se espalham em volta de uma explosão engolida pelo vácuo.

Axel olha para trás e vê que Dário saiu da formação e já está travando a mira no próximo adversário.

– Droga, Dário, para que atacar coordenadamente?

– Podemos começar, né, chefinho? – diz Abelha.

– Fogo à vontade. – Axel franze a testa e trava seus sensores em perseguição contra um deles, mergulhando logo após escapar de uma rajada de plasma. – Raposa 1 engajando.

Meadara avança direto e planeja a mira em várias vértebras, disparando os mísseis em sequência, dizimando-os.

– Não vai deixar nada para mim mesmo, gatinha? – Abelha escapa de uma rajada incandescente e passa no meio de duas inimigas, que passam a persegui-lo.

– Tem dois atrás de você agora, cabeção.

Abelha apenas solta o ar pelo nariz e confere os sensores nos cantos da visão, indicando as presenças das vértebras nos seus dois lados traseiros.

– Acionando vulcão circular. Saiam dos meus lados. – Abelha ri alto e sua nave começa a cuspir projéteis magnéticos pelas laterais. Ao acionar a propulsão dianteira e frear, rasga os inimigos com rombos de ponta a ponta. Quando explodem, o piloto passa no meio deles rindo e praticando seu refinado humor.

– Essa foi osso duro de roer.

Meadara gira os olhos e Axel, tenso, tenta segurar a risada, mas ela sai pelo nariz do mesmo jeito. O líder nota que a comunicação com a base da lua de Eden está interrompida por um grande chiado e que não há mais retorno de Gládio sobre as posições, mesmo tendo acabado de começar a missão.

– Axel, as frequências de comunicação... – diz Meadara.

– Sim. Eu já sei.

Dário se enfia no meio e persegue alguns biomecânicos, desviando dos ainda poucos asteroides em alcance. É atingido por uma rajada que risca sua fuselagem e faz com que a nave balance.

– Dário, mantenha-se na borda externa do campo – Axel diz com a irritação escalando, é como se estivesse brigando com um cachorro ou uma criança.

– Para que se preservar tanto se esta missão é um suicídio? Raposa 4 engajando.

– Meadara e Abelha, vão se manter no plano ou vamos ter que discutir também? – Axel aperta o manche enquanto, repetidamente, tenta estabelecer comunicação com o comando, mantendo-se longe o suficiente dos pedregulhos imensos que pairam.

– Relaxa. Vamos juntos, herói.

– E você, Dário?

Em silêncio, Dário encurrala uma vértebra e descarrega projéteis até que ela não tem como escapar e explode em choque com um asteroide grande e lento que flutua.

– Colhendo – ele diz.

De sua Coração saem tenazes que recolhem fragmentos do inimigo e distribuem de um braço mecânico para outro como uma aranha laboriosa até engoli-los na parte traseira da nave.

Em um processo durante muito tempo incompreensível para a tecnologia humana, a nave passa a separar os elementos que deglutiu e os encaminha para cada função pendente. Regeneração da fuselagem biomecânica, impressão de armamentos, reciclagem para combustíveis consumíveis e funções de suporte de vida do piloto, o seu caça espacial se alimenta da morte dos adversários para perseverar. Dragando-os para sua matéria e tornando-os parte de si.

As feridas recém-adquiridas da nave são fechadas pelo sistema de autocura. Mágica biomecânica.

– Tudo funcionando, líder Raposa. Vão poder seguir pela eternidade – diz Dário com a voz entediada.

– E você também, né, ô? – diz Meadara.

– Entendido – diz Axel, suspirando com a certeza de que as naves funcionam como esperado em uma batalha real. – Continuem avançando, sabemos que há concentração grande deles no final do campo.

E, como se estivesse prevendo o que viria, um enxame de inimigos surge do meio dos asteroides e chovem tiros na direção dos humanos.

Abelha e Dário se alternam destruindo formações de caças-vértebras enquanto Meadara escaneia o espaço e confirma a presença hostil cada vez maior para Axel, que mantém a ordem de avanço.

O silêncio de Gládio e da torre de comando terrestre veio cedo demais, mas, se não se concentrarem, o esquadrão das Raposas Estelares terá uma participação curta e melancólica na última investida edeniana.

– As vértebras estão vindo... do meio dos asteroides? – diz Meadara. – Mas como?

– Eles são muitos! – Abelha dispara à vontade e desliza pelo meio das pedras, levando os inimigos a se chocarem com seus próprios pontos de origem.

– Eles criaram ninhos dentro dos asteroides maiores. Atirem nos buracos que encontrarem, mas precisamos passar por esse campo.

– Não há resposta do comando?

– Nós somos o comando agora, que Deus nos ajude. Não adianta querer correr para mamãe e papai, garota – diz Dário.

– Vá se foder – Meadara escapa de duas investidas e explode as vértebras que a perseguiam.

– Concentrem-se – diz Axel, apertando com força o botão para liberar os mísseis travados em um asteroide que cospe inimigos no momento em que abre a sua bocarra de pedra, espatifando-o.

A presença cada vez maior de vértebras atrás do esquadrão é como uma onda que se expande e engrossa, vindo para engolir pequenos animais que fogem desesperados.

Tu-tam-tumm. Taammm-Tummmm.

– Aquela pedra gigantesca, líder Raposa – grita Meadara.

– A maior a duas horas? – Axel alterna a atenção entre os sensores de combate e o escâner, mudando a direção para ela.

– Isso. Detecto intensa atividade.

– Senhor, seja a minha luz e me guie...

– Dário? – diz Meadara.

– Sua comunicação está aberta, Raposa 4. Por favor feche-a para exercer a sua fé.

– ...para atravessar o inferno das provações que nos oferece.

– Vixe... – diz Abelha.

A Coração Raposa 4 dispara para interceptação em velocidade máxima, deixando a formação e o restante do esquadrão para trás.

– Acompanho ele, líder?

– Sim... Quer dizer, Não! Droga, Dário! – Axel diz e avança para cobrir o companheiro que segue convicto para a enorme rocha.

– Que eu seja digno. Que a humanidade esteja pronta para receber a bênção dessa travessia...

O asteroide é gigantesco e mal detectam o pequeno buraco, que passa a vomitar mais e mais grãos que se confirmam como vértebras para enfrentar os ousados humanos.

Axel range os dentes enquanto torce as asas para os lados e acelera e freia com muitos pequenos comandos, uma complexa sequência de entradas que devolvem um movimento errático que se desvia das rajadas de projéteis. Usando o vulcão circular como dois jatos de munição que varrem coordenadamente os dois lados da sua Coração, Axel alcança Dário e grita com a frequência aberta.

– Mas que merda é essa, Dário? Temos que atravessar esse campo, está tentando se destruir?

– Que ressurjamos mais sábios e mais preparados para evoluir como espécie. Que o milagre da...

– Dário! – Axel berra, girando para escapar de dois mísseis que o perseguem enquanto mantém o fogo constante nas laterais.

– Estou tranquilo – ele diz, e não se incomoda quando a fuselagem da sua Coração é arranhada uma, duas vezes, pelos ataques biomecânicos. – Eu quase desisti, sabe? Quando eu entendi o que estávamos fazendo, o que o ser humano pretendia, eu não podia acreditar na maldita ousadia. Mas eu vi que você acreditava, que muitos outros não tinham saída.

– Temos que fazer isso juntos, cara! Cuidado! – E Axel dispara dois mísseis que impedem a colisão de duas vértebras suicidas que se dirigiam a Dário, talvez cientes do plano do edeniano que mergulha de frente, sem reservas, na direção do buraco. E, enquanto atravessam a explosão como se fosse um fantasma, Axel é surpreendido por uma outra, que se estoura com os fragmentos de um alvo às nove horas.

– Tá tudo bem, ajuda ele – diz a voz de Meadara, que o cobre de trás.

Axel mal tem tempo de agradecer, Dário continua falando.

– Olhe para isso, Axel. – Então fica claro que a enorme rocha é uma nave-mãe biomecânica camuflada como uma imensa pedra. – Eles são poderosos demais. Não há como a gente vencer. Talvez o nosso fim esteja determinado. Sendo assim, vou pelo menos garantir que vocês possam ir atrás do que acreditam.

A Coração de Axel apresenta um alerta vermelho e bem claro na sua tela.

– Atenção, fusão nuclear iniciada.

– Dário...

– Eu estou tranquilo.

– Então vá, seu porra.

Axel passa a concentrar seu fogo em todos os interceptadores que vêm na direção de Dário, que continua desviando e aumentando a velocidade como se fosse fácil.

– Porta que pariu – diz Abelha.

– Me ajudem a cobri-lo. Cubram esse idiota. É uma ordem.

– Engajando – diz Meadara.

– Bora – Abelha também entra no combate, e os três limpam o setor enquanto veem Dário emitindo uma energia cada vez maior que grita nos sensores de suas Corações.

Axel prefere imaginar que ele está sorrindo quando completa uma manobra incrível, girando como um barril e descrevendo loops, até que mergulha pelo buraco que tenta em vão se fechar para o invasor, envolto pelas rajadas de tiros e mísseis que os Raposas Estelares disparam para mantê-lo seguro em sua trajetória.

No meio da luz que se expande em um halo brilhante, um flagelo divino, o piloto tranquilo gostaria de acreditar, um golpe da sua fé na despedida sem hesitação do plano desesperado dos edenianos para escapar de sua prisão.

As Corações em esforço máximo para ganhar da disputa contra a onda de luz e choque que se expande atrás deles, dizimando o contingente de vértebras próximas, o instinto de sobrevivência sobrepujando qualquer pesar pelo companheiro que se sacrificou.

Após até os ateus pedirem ao deus de Dário para mantê-los vivos, Axel respira ofegante e alterna sua atenção entre os sensores, que mostram que sua nave perdeu uma das asas e um pedaço do depósito de munição, lendo os relatórios e declarações de reparos que a Coração está executando.

– Dano na asa. Colhendo material para reparo.

– Esquadrão, checagem de danos.

– Raposa 3 aqui – diz Meadara. – Apenas lacerações leves, executando reparos.

– Raposa 2 sem danos significativos. Vou cobrir vocês enquanto estão se recuperando.

– Vou demorar um pouco, Abelha, preciso de mais material – diz Axel, e flutua até o aglomerado de cadáveres biomecânicos mais próximo.

A perda de Dário tenta encontrar espaço na cabeça de Axel, mas, enquanto muda os monitores para confirmar as ameaças externas, entre asteroides empurrados pela explosão que se chocam uns nos outros e mantêm os três pilotos do já desfalcado esquadrão em alerta, a Coração traz más notícias.

– Assinaturas de interceptadores biomecânicos detectadas.

– Ei, senhor herói, más notícias – diz Abelha.

– Já as recebi da minha Coração aqui. E mantenha a seriedade, por favor.

Abelha gira os olhos e diz com uma voz falsamente formal: – O inimigo está vindo. E estamos em desvantagem. Já sei, vou para cima deles para tirá-los de perto de vocês.

Axel expira o ar e aguenta a vontade de coçar o queixo coberto com a máscara de oxigênio.

– Não vá se estrepar também. Já perdemos um.

– Também te amo.

Meadara solta um risinho que entra na transmissão.

O líder Raposa acompanha dentro da visão a barrinha de progresso na recuperação enquanto a Coração faz o seu crochê de recolher restos com as tenazes e reconstruir com as agulhas de impressão.

Abelha voa escapando da perseguição e manobra sem grandes dificuldades, até que Meadara chama a atenção do time.

– Esquadrão, as vértebras estão se juntando em uma formação próxima.

O progresso de reconstrução do depósito de munição ainda está em 30%. Axel confirma que mesmo com a asa quebrada a propulsão voltou ao ar.

– Consigo manobrar um pouco. Mas estou debilitado para o combate.

– Acho que vai ter que dar, porque olha aquilo.

Abelha se afasta e retorna na direção dos outros Raposas ao ver que as vértebras se uniram em uma espécie de agrupamento, formando uma nave maior, uma coluna completa, um dragão serpente de ossos. Ela agora gira em espiral e começa a juntar energia, para então vomitar na direção dos humanos.

– Cuidad– diz Meadara, mas Abelha já tem a lateral rasgada pela rajada forte, mais poderosa do que qualquer ataque que presenciaram nessa batalha.

– Cacete, é tipo a arma secreta deles? – ele grita.

– Acho que isso é um modo desesperado após a perda da nave-mãe – diz Axel. – Formação de batalha, vamos tentar desmembrar ele.

– Engajando – diz Meadara.

Com a propulsão limitada, Axel se desvia mal e acaba sendo atingido por mais um ataque.

Droga, não há como fazer acrobacias assim, ele pensa.

– Não tenho como ficar manobrando com o sistema de movimento comprometido. Eu vou manter o fogo e vocês fogem.

– Entendido – diz Meadara, que escapa de uma rajada e contorna atirando no meio da serpente que espirala.

– Atira, Abelha!

– Estou tentando, meus mísseis estão travados. Se eu usar o vulcão vou acertar vocês. Quando ele diz isso, é atingido por mais uma varredura de laser que o dragão serpente desfere.

– Não tem como ajudar, Coração? – diz Axel enquanto se inclina e mira os mísseis, mas sua nave se move devagar demais e o alvo é ágil e em constante movimento.

– Negativo. Força auxiliar reconstruindo o depósito de munição.

O piloto solta um muxoxo e então grita quando Meadara recebe uma ferida na lateral.

– Relatório.

– Estou engajando, líder. Me deixa, foi só um arranhão.

– Também recebi vários tiros aqui, senhor herói. Quer meu relatório?

Porém antes que Axel possa responder ao gracejo, de repente uma sequência de mísseis atinge o esqueleto de dragão e desmembra a sua formação.

– Se estão tendo tempo de fazer piadas é porque não está tão ruim assim – diz a voz barítona e reconfortante.

– Comandante Gládio! – grita Meadara.

Axel sente um calafrio percorrê-lo e solta o ar, quase chorando.

Em seguida, o dragão agora desfeito tem apenas três vértebras funcionais, os cadáveres das companheiras se esparramam pela destruição. Mas as restantes se movem juntas, como se uma única consciência movesse o trio. A Coração responsável pelo ataque surpresa penetra no meio da estreita formação inimiga sem colidir e sai do outro lado, chamando-as para a perseguição no meio dos asteroides revoltos. Uma habilidade inacreditável.

– Cacete – diz Abelha, dando a volta e se posicionando ao lado de Axel, que ainda termina seus reparos para que a asa volte a responder.

Gládio guia as cabeças do dragão sem corpo e desvia sem dificuldades das rajadas que vêm. Então aciona o vulcão circular e dispara para trás, aumenta a propulsão na frente e quase freia no meio do espaço, destruindo duas das vértebras que não conseguem acompanhá-lo na manobra e são rasgadas pelas lâminas de projéteis que continuam a ser disparadas. Descrevendo um loop para cima, o veterano deixa de expor a cauda para agora ter o alvo em sua dianteira. Espreme o manche e varre o restante com seu laser direto, dizimando o último dos grandes adversários no meio da dança das rochas flutuantes.

Meadara fecha os olhos, aliviada.

Axel anui como quem se lembra de que é assim um verdadeiro ás da pilotagem.

Abelha apenas solta um palavrão e um grito de comemoração.

Apartar uma relação

No fim Dário os deixou explodindo tranquilo, as últimas leituras que seus monitores enviaram mostravam um relaxamento induzido pelo cigarro que acendeu e baforou devagar. Sua existência sumiu como uma flor que desabrochou, atingiu o ápice, perdeu suas pétalas e murchou para o fim em instantes.

Os detritos do dragão de ossos são colhidos pelas Corações diligentes que sobreviveram ao ataque.

O silêncio do espaço invade as mentes dos Raposas Estelares, espalhando-se por seus corpos como o sangue bombeado pelo sistema insistente. Mas estão vivos, o suporte de vida das naves lhes atesta isso.

– Faça a chamada, Líder Raposa – diz Gládio.

– Hã? – Axel responde de pronto antes de processar a informação.

– Checagem de time e equipamento.

Enquanto as naves colhem materiais, costuram pequenos reparos e reabastecem seus depósitos recicláveis, Meadara e Abelha se mantêm em silêncio, aguardando Axel se pronunciar.

Axel vê os pequenos pedaços saídos deles e dos inimigos se espalhando como tinta no meio de água límpida.

– To... Todas as unidades, relatório.

– Raposa 2, danos mínimos e em reparos – diz Meadara logo após o pedido do líder.

– Raposa 3, tudo certo – Abelha diz com a voz baixa, mas clara.

– Raposa 5 pronto para prosseguir – Gládio diz, mas puxa o ar com dificuldade em seguida, respirando ruidosamente. – Líder Raposa, qual o seu estado?

– Raposa 1, sem problemas. – Os sistemas da Coração mostram munição, oxigênio, relatórios de performance da interface orgânica e mecânica. Axel respira fundo e, enquanto vê Dário bebericando encostado em uma pilastra na festa da academia, anos atrás, aceita a transmissão que a base lhes enviou.

– Esquadrão Raposa, recebemos o relatório da queda de Raposa 4 – entra a mensagem chiada. – Por favor, confirme se foi mesmo abatido. E confirme a chegada de Raposa 5 como membro suplementar de emergência.

– Raposa 5 está conosco, comando. Confirmado o abatimento de Raposa 4. Os sistemas de reciclagem e reparos estão funcionando conforme o previsto.

Meadara suspira com a comunicação aberta. Abelha testa os propulsores e empurra pedaços de detritos e de asteroides estilhaçados. Alguns minutos depois, a mensagem atestando a ciência do comando chega junto com um áudio que diz a mesma coisa.

– Você vai voltar para a defesa de Eden, comandante? – diz Axel, dirigindo a mensagem para o avatar de Gládio no aplicativo de comunicação.

– Negativo. Alguém precisa instalar os rebatedores que Dário levaria. Vou na direção que seria a dele.

– Mas como está a sua saúde?

– Com o sistema de suporte de vida me drogando e me monitorando o tempo todo, acho que vou conseguir completar pelo menos um ou dois objetivos. – Gládio controla a entrada de oxigênio e expira devagar.

– Só que tinha dito que queria morrer ao lado da sua família e...

– Prossiga a missão, Líder Raposa.

Axel não responde, fecha os olhos, mas a primeira casualidade que flutua na sua frente não some. Persiste dentro de sua cabeça.

– Comando de defesa, vou prosseguir com o esquadrão Raposas Estelares. – Gládio interrompe a fala e se concentra nos batimentos do órgão impresso com a tecnologia biomecânica dentro de seu peito. – Diga a minha esposa que eu a amo muito.

– Ela sabe... – diz Meadara com a comunicação aberta, mas mais para si.

Axel está ouvindo música quando recebem a confirmação de Eden minutos depois.

– Líder Raposa, vou seguir para as coordenadas designadas para o Raposa 4 – diz Gládio.

– Sim, comandante.

– Axel, é hora de aceitar uma coisa. Você é o comandante agora.

– O órgão biomecânico bombeia a vida dentro de Gládio como o esperado, mas como consequência da Doença rouba o vigor de outras partes. Seu pé direito já nem pode ser apoiado no chão.

– O comandante de um esquadrão disperso em que cada um terá que se virar – o piloto tamborila com a mão sobre o manche.

– Acredito que dirá agora também que é uma missão em que sabemos que vamos morrer e que cada um a enfrentará sozinho.

– Mas é o que é.

– Então é como a vida.

Axel sorri e balança a cabeça.

– Foi uma honra voar ao seu lado, Raposas Estelares – diz Gládio, mal sentindo o manche em sua mão direita que formiga.

– Morra sozinho, comandante! – diz Abelha, fungando o nariz que escorre pelo choro que sobe frio no seu peito, causando-lhe espasmos.

– Você também, garoto.

– Vamos nos ver de novo, comandante – diz Meadara.

– Se os cientistas estiverem certos, no fim estaremos juntos.

Meadara deixa a risada escapar.

Gládio abre o seu relicário antiquado, feito como essas joias de afeto eram feitas pelos terranos séculos atrás. Dentro há uma foto de quatro pessoas. A sua família.

À esquerda, sua esposa sorri, usa brincos e uma roupa de festa que também remete a muitos anos atrás. Gládio, à direita, com o semblante fechado, quase sorrindo, sendo imitado pelo seu filho à frente. Confirmando o padrão, sua filha, assim como a mãe, usa a tiara que adorava, adornada com os brilhos dos cristais pulsantes encontrados nos rios do planeta Eden.

A Coração de Gládio parte primeiro devagar e depois toma embalo, distanciando-se das telas que a exibem, permanecendo nos radares por um longo tempo.

– Entrando as coordenadas – diz Abelha.

– Confirmadas. Também estou checando as minhas – diz Axel.

Meadara se segura uma vez, então outra. Acaba dizendo:

– Eu lamento que a gente tenha que enfrentar essa situação agora.

– Não se preocupe. Logo nunca mais vamos ter que lidar com nada disso – Axel sabe bem que ela não está falando da missão.

– Er... Amigos? Estamos começando a missão.

– Dá licença, Abelha? – Meadara pede sem qualquer delicadeza na voz.

– Tô fora desse rádio, então. Vejo vocês no inferno. – Abelha corta a própria transmissão e parte. Sua Coração vai na direção dianteira e arranca logo. Se estivessem no asfalto, teria saído cantando pneus.

– Não quer conversar?

– Conversar o quê, Meadara? – diz Axel, enquanto aguarda a resposta do comando antes de partir.

– O que você espera que eu faça agora?

– Agora não há nada mesmo o que fazer. Fique tranquila. Coração, falta muito para confirmar o curso?

Tu-tam-tumm. Taammm-Tummmm.

– Olha, eu também estou frustrada que a gente tenha que ter deixado tudo para trás. Tirando a Opção, você sabe que não superei a morte dela até agora, mas este é o melhor momento da nossa relação.

– Que relação, Meadara? – Axel inspira fundo após dizer isso. A vontade é de socar uma parede, mas são tantos equipamentos delicados em volta que não quer estragar nada logo no começo da viagem.

– Da que temos.

– Não, Meadara – diz Axel, espremendo os dedos na palma da mão. – Não se engane. Nós não temos nada. Isso aqui é nada.

Rangendo os dentes no fundo do maxilar, ciente da presença de Abelha na comunicação conjunta e talvez até mesmo de Gládio até que estejam distantes o bastante, lembra-se de quando ela interrompeu a conversa que tinham ao trocar reminiscências após a morte de Opção para ir se trancar no quarto e falar com o cara com quem estava dormindo. Seu melhor amigo.

Aciona a hiperpropulsão e ignora os gritos da ex-companheira, que ainda tenta se despedir ou dizer algo reconfortante. As coordenadas estão confirmadas, Coração devolve as checagens de dados e

Axel se concentra na música. Tem para onde ir, tem uma tarefa. É o suficiente.

Cada vez mais rápido, cada vez mais longe, suportando com a fuselagem da nave o empurrão que o tire dali, até se convencer de que não haja mais perigo.

Que não haja mais ninguém chamando por ele.

Enfim não há.

Está pronto para começar a sua parte na Operação Salamandra.

Delta II

As luzes altas são como astros que habitam um universo claro e brilhante, espalhadas pelo pé direito imenso do clube de elite alugado pela Força de Defesa para a graduação dos cadetes.

Dário veste a mesma farda completa, da cor de ouro velho da Espaçonáutica de Eden, que todos os seus colegas. Está encostado em uma pilastra, segurando a sua taça, bebericando sem pressa. Axel o olha de longe, bebe o resto do seu espumante e o entrega para a bandeja oferecida ao seu lado. Abelha saiu para buscar alguma coisa mais forte. A música é uma mistura até que agradável de nostalgia pré-colonial e os sucessos das últimas duas décadas, seguindo a cronologia em crescendo para desarmar até os corações mais duros.

– Música da Terra? Caramba, só tem tiozinho aqui? É uma festa para os cadetes, pô, a gente tá graduado finalmente! – Abelha grita para sobrepujar os instrumentos da banda ao vivo que executa o som que envolve a todos.

– Cadete, não. Suboficial – Axel ergue um dedo fingindo indignação. – Que comecem logo as verdadeiras horas de voo que vão nos habilitar para atuar nos céus.

– Que céu, mano, agora é hora de pé no chão! Encher a cara, viver as coisas da terra. Olha o que eu arrumei. – O amigo mostra charutos que têm toda a pinta de coisas boas.

– Vixe, onde você conseguiu isso?

– Eu não vou revelar minhas fontes.

– Tá. Mas ao menos foi cumprimentar os pais e as mães do Centro de Criação?

– Pra quê? Eles não falam tanto de desapego, de vivermos como indivíduos livres em função da sociedade? Que papo de biológico é esse?

– Por educação, talvez? Acha que essa pose de cientista faz deles pessoas sem emoções? Até a Zelaide tava emocionada de me ver de farda nesta noite.

Abelha gargalha e puxa Axel para uma varanda lá fora.

– Vamos, quero acender isso aqui. É o bagulho que os almirantes fumam nos seus gabinetes das naves espaciais enquanto assinam ordens e tomam decisões importantes.

Axel dá de ombros.

Quando saem pelas portas duplas altas e ladeadas por cortinas douradas, os dois dão de cara com duas visões. O céu da noite límpido e povoado de estrelas, sendo esse um lugar isolado das metrópoles, e uma garota com uma silhueta cheia de curvas que também veste a farda completa dos graduandos enquanto parece discutir algo no Omni.

Abelha estaca de repente e alinha a postura, de olho na moça, enquanto Axel leva a mão à boca para beber da taça sem lembrar que já tinha acabado e entregado o recipiente para um garçom androide.

– Eu só queria que você estivesse aqui, só isso. Não, eu não acho que seria besteira – a garota espera a contraparte em sua ligação responder. – Mãe, você sempre está ocupada. Estou me virando, faço as minhas coisas. É uma questão de presença, você nunca está a fim de estar comigo.

Axel olha para os cabelos curtos, batidos atrás, que revelam o pescoço dela, o cabelo preto certamente é tingido, pois a pele é muito clara para isso. Quando ela vira para eles e enxergam os olhos verdes e amendoados sob a franja estilosa, Abelha até tosse a fumaça que acabou de tragar.

Ela se volta para o outro lado, diz mais alguma coisa que não conseguem entender e termina a ligação no Omni.

– Oi – ela cumprimenta por educação. A testa está franzida, e a boca fina e de batom cor de pele está colada.

Abelha toma a dianteira e diz:

– Oi, vi que você estava chateada e vim te oferecer um trago.

– Eu te conheço? – A moça sorri e levanta uma sobrancelha.

– Olha, eu pensei que não e tinha vindo resolver isso. Mas algo me diz que já te vi, sim.

– Nossa, foi lá no mirante do campo dourado.

– Caramba! É isso! É que lá você estava loira. Que memória boa, hein?

– Isso quer dizer que sou boa em guardar rancor. – A moça solta uma gargalhada incentivada pelo álcool.

– Não será necessário. Sou Luciano. Mas pode me chamar de Abelha.

– Luciano Abelha?

– Abelha mesmo tá bom.

– Vem das Abelhas Gêmeas, ele tem um irmão gêmeo – Axel chega e queima o filme, brincando de disputar a atenção da linda garota.

– Daqueles bonequinhos? – ela gargalha com a brincadeira de Axel, uma risada desafinada e meio engraçada. E o encara com aqueles olhos verdes de gato. De perto é muito mais intimidadora.

– É, daqueles bonequinhos. Com a diferença que eu sou o irmão mais bonito.

– Mais bonito que o seu irmão gêmeo?

– Idêntico – completa Axel.

– Que tal? – Abelha sorri mostrando os dentes e solta um "Aeee" quando ela aceita o charuto e dá uma bela tragada, afetando pose e habilidade, imitando os chefões.

– Eu só tenho o deboche para oferecer – Axel faz uma reverência.

– Foi bem divertido, queridos – diz a garota. – Mas agora preciso ir.

– Sem nem dizer o nome? Da outra vez suas amigas te levaram embora, mas hoje você não escapa.

– Ah, desculpa. Que grosseria. Eu sou Meadara. Peguem meu Omni. Outro dia a gente troca umas ideias. Vamos acabar nos vendo bastante, somos todos militares.

– Voadores.

– Sério? Então com certeza. Vamos voar juntos.

– Mas claro! – diz Abelha, conferindo o sinal de conexão permitida e o avatar da garota surgindo na lista de novos amigos. – Ó, te adicionei aqui.

Axel apenas sorri.

◆

A porta é aberta com um empurrão e bate no armário que fica no pequeno corredor.

– Calma, cacete.

Abelha quase mergulha de cara no carpete, mas Axel impede o tombo se apoiando em qualquer parte que segure o seu braço livre do peso do amigo.

– Quer deitar, então vai. – Axel acende a luz amarelada aproximando a palma da mão do sensor, põe Abelha no chão, de bruços, e tira a gravata que ele estava usando amarrada na cabeça. Pendura o casaco da farda nos ganchos ao lado da entrada e toma um susto quando ouve uma voz.

– Não deixa ele aí, vai acabar vomitando e ninguém consegue limpar. Se fizer eu vou te mandar a conta da higienização.

– Lúcio, você está acordado?

– É nessa hora que eu mais consigo trabalhar. Abelha sempre tá na rua.

– Tá programando mesmo ou tá jogando?

– Tudo bem, agora estou jogando – o irmão gêmeo tem a cara idêntica à de Abelha, mas com olheiras e tédio estampados nas linhas do rosto. – Mas programei. Nossa, mas esse fedor é álcool ou suor?

– Os dois.

Axel cumprimenta Lúcio com um toque rápido de punhos e ergue Abelha para um banho.

◆

Tirando a calça de Abelha e jogando no cesto, Axel consegue enfiar o amigo dentro do box.

– Não vou tirar a sua cueca, nem vem.

– Caraio, mano, quero dormir. Tá tudo girando.

– Um pouquinho de água vai fazer bem.

– Ah, não, fala sério.

– *Xiiiiiu.* Relaxa. Liga a água.

– Não, mano. Para.

– Eu ligo, então. – Axel se conecta ao sistema inteligente da casa e, logo que o ícone na cor verde no canto da sua visão indica que pode dar comandos, o jato atinge o gêmeo, que protesta.

Axel deixa Abelha embaixo da água por uns segundos e pega uma toalha. A ducha forte esfrega toda a tensão que carregavam até a noite da festa.

Abelha abre os olhos devagar e vê apenas um borrão, seu amigo de camisa e só com a calça da farda.

– Ô – ele diz, e estende a mão para Axel, que chega perto do box e estende a toalha. Apenas para puxar o amigo de repente para dentro, que por pouco não mete a cabeça na parede de fibra de vidro da estrutura inteiriça da área de banho.

– Que maldito – Axel fala enquanto sente os cabelos encaracolados serem varridos pela ducha forte e a camisa grudar instantaneamente em sua pele.

A gargalhada de Abelha tira qualquer raiva que possa sentir. Axel dá um beijo na cabeça do bêbado e aceita o abraço molhado.

– Vamos voar, caralho. O céu é nosso – o amigo diz com a voz mole.

– Vamos voar, meu irmão. – Axel ri e dá uns tapinhas na cabeça dele. – Vou te mandar a conta da lavanderia da minha farda.

Eterno retorno

Quando o míssil atinge o reator, a explosão é mais rápida que os antigos filmes ou suas versões recriadas diziam.

O fogo azulado berra enquanto persegue Axel, que mal consegue manter o controle de seu Coração com o manche tremendo em alta velocidade.

– Vai, vai, vai!!!

– Propulsão máxima acionada – responde o computador até fingindo urgência, mas não há muito que fazer.

A aceleração não satisfaz o desespero de Axel, que poucos minutos atrás se sentia tão realizado por ter atirado o seu rebatedor com sucesso.

Mas apesar de ouvir a música de tempo em tempos, a transmissão não foi ampliada. De acordo com o relatório do computador, a missão fracassou.

Por que diabos foi tentar atacar essa estação em vez de aguardar a confirmação das instruções? Coisa de alguns minutos e receberia as coordenadas do seu caminho, o Comando Edeniano já tinha sido acionado.

A onda de calor começa a ser percebida até dentro do habitáculo na nave, as imagens dos momentos importantes da sua vida emergem, mas Axel não se conforma.

– Ah, não, porra, não é hora de rever tudo. Não posso morrer aqui! – ele grita e arregala os olhos ao notar a informação de que os propulsores estão derretendo e que o fluxo de combustível está interrompido. Tudo está fervendo e a Coração vai ser cozida com ele. As luvas ainda não derretem, mas as mãos começam a arder. Sua carne se debate querendo fugir e a mente pula para fora da nave, buscando o frio do infinito vácuo.

– Porta que pariu!

– Falha crítica de sistema – anuncia a Coração.

A última imagem que marca a sua cabeça é quando um grupo de crianças biológicas foi visitar o Centro de Criação e viu os olhos verdes e de gato de Meadara pela primeira vez, quase vinte e seis anos atrás. Ela sorriu quando viu o pequeno Axel vestido em roupas que ele mesmo escolheu para o evento, ainda que coloridas e aparentemente distintas, padronizadas, garantidas pelo estado de bem-estar do governo de Eden a todos os cultivados.

Então, antes que os sentidos sejam tão intensos para a consciência suportar, o corpo se desliga e aceita o fim.

Escuridão.

Opção

Toda a fuselagem da Coração lacerada e queimada, sua regeneração apostando corrida com o vazio que a envolve, a dor do veículo quase palpável a Axel, que cochila devido aos estímulos injetados pelo suporte de vida enquanto vê imagens lentas e dispersas no mundo dos sonhos.

O imenso inimigo do tamanho de um cruzador está destruído, seus restos flutuando pelo negrume, detritos de carne e máquina que se chocam com a sua nave. Mais um híbrido da vida artificial e natural dos biomecânicos desfeito.

O computador recita relatórios de dano que despertam Axel. Atuando por instinto, entorpecido pelas químicas e o sono, digita com a mão esquerda instruções que não consegue balbuciar. Lá fora, as tenazes articuladas da Coração colhem toda a matéria biomecânica possível em volta para refazer as reservas e depois decidir qual destino dar em suas pequenas e muitas transformações.

Axel pisca devagar, como se suas pálpebras estivessem também cobertas de escombros. Pensa em Meadara deitada em seu colo após um dia exaustivo, o barulho de algum episódio de holodrama já assistido tantas vezes murmurando como uma trilha sonora. É só dormir e amanhã será um dia melhor.

Os sensores indicam que os propulsores estão altamente danificados, não há como seguir adiante e ninguém o encontrará no meio dessa sopa de lixo espacial em que se encontra. Nem inimigos e nem amigos.

A falha confirmada, suspira fundo e deseja que algum dos outros finalize a missão instalando os repetidores pela rede biomecânica.

Insistindo em fazer a nave estrebuchar, Axel pede força em um dos motores laterais de auxílio para buscar algum movimento moroso que não o leve a se destruir nos escombros.

– Dano crítico no compartimento direito-traseiro – diz a Coração.

– Não. Aguenta, caramba. Precisamos andar um pouco. – Axel grunhe com a dor aguda que se irradia a partir da dobra do braço. – Acho que quebrei algum osso com o impacto.

Após pensar um pouco, Coração diz:

– Confirmada a fissura no cotovelo direito. Prosseguindo com operaç...

– Negativo. Agora não. Tá maluca?

Rangendo os dentes e espiando as informações que a Coração lhe dá, Axel confere a quantidade de oxigênio em 43%. Ainda demoraria horas e horas até o fim. Se ao menos pudesse acelerar para se chocar com algo e destruir tudo de uma vez. E sem o rebatedor de dados instalado, a sua aventura terminará melancólica e frustrada.

– Toca música. – Coração absorve seus pulsos mentais e mete um Blues com uma guitarra chorosa em frases que logo são acompanhadas de uma base leve percussionada com notas graves. Axel ri da escolha tristonha. – Para morrer na fossa mesmo.

Isso o faz lembrar de Opção se coçando na borda do sofá, passando o rosto no tecido, enchendo-o de remela, pois por algum motivo engraçado usava a prótese direita apenas para caminhar e correr, nunca para esfregar seus olhos ou mesmo lamber. Como se a cachorrinha soubesse que aquilo não era parte dela.

Ela virada com a barriga para o alto, rolando no chão após saírem para um passeio, feliz da vida, a língua de fora, arfante, cúmplice por mais uma escapa que deram a sós, pois Meadara estava com dor de cabeça, preguiça ou algo assim.

Axel solta o ar e arregala os olhos ao sentir um solavanco na parte de trás.

– O que é isso? Relatório.

A música é interrompida e a realidade aumentada mostra todo

o compartimento direito-traseiro se descolando da nave, acima dele as tenazes trabalhando diligentemente para colher mais material orgânico e metal para os reparos.

– Porta que pariu.

Axel vê o enorme pedaço do seu Coração desgarrado, imaginando como forçar uma viagem até um asteroide de abastecimento com apenas os propulsores do outro lado, isso se o sistema de manutenção for muito eficiente. Então, no meio da sopa primordial de lixo, um escombro inimigo se choca contra a amputação e gruda, como se fosse um parasita. Uma membrana brilhante, uma água-viva alienígena espacial ou coisa parecida. Grudou e não sai mais, como uma tatuagem. Com um pedido irritado do piloto, a tenaz se estica e agarra a carcaça na vã esperança de reacoplá-la na nave aleijada.

Só que ela reage.

– Que porra é essa?

O propulsor lateral se acende, o membro amputado da Coração para de flutuar solto e vem na sua direção.

– A parte descolada da nave está funcionando de forma autônoma.

– Sim, estou vendo, Coração, mas obrigado por avisar. Temos alguma arma funcionando antes de sermos mortos por isso?

– Negativo. Continuando o relatório: esse pedaço do inimigo deve ter alguma energia em seu organ...

– Silêncio, por favor. – Axel franze a testa enquanto olha para o lado e repara no filhote desgarrado de sua nave atraindo pedaços de lixo que vão se grudando na fuselagem e sendo lentamente incorporados. – Continue recolhendo material para manutenção.

– Entendido.

A pequena e estranha nave começa a se mover um pouco, seu propulsor soltando um rabo brilhante de luz, e para ao reparar que a Coração fica para trás.

– Vai passear sem mim? – Axel franze a testa e ergue uma sobrancelha com a situação inusitada. Balança a cabeça, sorrindo. Em uma piscada de olhos, vê o rabo de espanador preto se balançando dentro da sua mente. No mundo real vê um rastro de plasma que o monstrinho emite.

A nave ancilar se desloca para a Coração e voa até a frente, virando-se para Axel no cockpit. Ficam em silêncio por alguns instantes se encarando, flutuando ambos na inércia.

O piloto sente uma pontada dentro da sua alma, mais forte que a dor no braço, ao perceber que a navezinha virou o traseiro na sua direção. As tenazes se esticam para a frente e agarram-se ao monstrinho.

– A propulsão pode danificar o nariz se ficar muit...

– Eu sei, Coração – Axel diz. Então dirige-se à pequena saída de si pelo canal de comunicação aberto que emite suas frequências. – Por favor, querida, pode ir um pouco mais para a frente antes de puxar?

E ela se afasta e dá corda. Quando os ganchos estão com espaço o bastante, aumenta a força e o leva para passear. Até um lugar seguro.

Última opção

– Desvia, Opção! – Axel grita como se a pequena ancilar pudesse entender a língua humana.

Os projéteis incandescentes se movem devagar, flutuam como pólen em um campo florido. A Coração persiste em sucessivas manobras evasivas para não lacerar ainda mais a sua fuselagem, não por conta das bolhas que pairam na atmosfera venenosa do planeta vivo, e sim para escapar das amebas translúcidas de núcleo brilhante e que tentam grudar o tempo inteiro para lhe corroer os materiais.

– O objetivo tem mesmo que ser neste lugar hostil, Coração? A defesa é impenetrável.

– Afirmativo. Não consigo encontrar outra estrutura para criar um rebatimento da transmissão edeniana eficiente nas proximidades deste sistema.

– Era uma pergunta retórica. – Axel gira os olhos e solta uma interjeição enquanto tomba de lado, com mínimos desvios vai escapando de mais uma fileira de amebas.

Nessa atmosfera poluída e repleta de vida, tudo cresce e se espalha como uma infindável floresta marrom e verde, salpicada por brilhos roxos e magenta que enfeitam as folhagens ou a fauna local. Pela densidade do ar, repleta dos pequenos grãos das plantas e das criaturas insetoides que as parasitam, a Coração tem que manter rotinas de limpeza contínuas para nada entrar por onde não deve.

– Eu tô vendo, amiga – diz Axel, checando as mensagens de aviso da nave para os procedimentos –, mas aguenta firme. Opção, você tá bem? – A nave apêndice continua acompanhando-o sem problemas, acelerando ou diminuindo a velocidade de acordo com os movimentos do humano em uma sincronia impressionante.

Os sensores indicam o possível ponto de entrada como sendo através de um gêiser que expele um gás turvo e que sobe em jorros intermitentes junto com amebas defensoras. As câmeras externas mostram que, apesar de ser uma abertura na superfície, a estrutura é quase orgânica e pulsa, seu diâmetro abrindo e fechando com as pregas e ranhuras.

– Vixe, se o Abelha estivesse aqui iria fazer uma piada idiota típica dos filmes de humor que ele gosta.

– Deseja que eu o entretenha com algum comentário jocoso? – diz o computador, com a sua voz incomodamente natural.

– Não, Coração, só de imaginar eu já estou me divertindo. Relatório de perigo.

– O gás é seguro para a integridade da aeronave. Recomendo que prossiga.

– Sim, eu vou fazer o meu trabalho, pode ficar tranquila.

– Provável até que ajude a limpar as partículas e criaturas que grudam na minha fuselagem.

– Tá começando a ficar marrenta – Axel ri.

– Carregando mapa atualizado para possível incursão.

E, aproveitando o momento de mais uma abertura do orifício, Axel grunhe pelo esforço de sentir a gravidade esmagando seu peito e afunda no meio do jato, confiando apenas nos sensores da nave.

– Vamos, Opção!

◆

Quando a porta desliza para o lado e o rosto de Meadara surge, Axel não deixa de reparar nas rugas que nunca tinha notado, devem ter surgido nesses meses em que não se viram mais.

– Oi, prometo que vai ser rápido – ela diz, olhando nos olhos dele, que não retribui e logo se vira para dentro do apartamento. – Tá muito ocupado?

– Tô modelando. Vou voltar para o quarto enquanto você vê as coisas que quer levar. Apesar que acho que já pegou esses utensílios nas últimas vezes que veio.

– Calma, acabei de chegar, poderíamos ao menos conversar um pouco e... Ah, oi, Opção! – a cachorrinha surge de trás do sofá velho e para, fixa o olhar para conferir quem é a visitante, apoiada na pata mecânica enquanto mantém a orgânica suspensa. – Vem cá, nenê. Mamãe está aqui.

Porém Opção não se aproxima, até rosna baixinho. – Sou eu, nenê – insiste Meadara, que se agacha e dá a mão para ela cheirar. Depois de hesitar um pouco, Opção dá duas lambidas inseguras e depois volta para a sua caminha para deitar.

– Nossa, essa caminha tá fedida, hein.

Axel sente as palavras se formando, as frases se organizando, mas não há nada agradável para dizer. Então tenta uma saída: – Eu vou pro quarto, fica à vontade, aproveita para curtir a Opção.

– Tá bom – ela diz, mais para dentro que para fora.

Dentro do pequeno estúdio, um sistema solar em que Axel é o centro e é orbitado por rascunhos de papéis colados nas paredes, quadros magnéticos e cantos. Mais perto estão as projeções saídas de três monitores holográficos, dois menores e um maior, circundando a mesa centralizada. Dela ele manipula os tridimensionais físicos e virtuais que sempre têm o tema da árvore com seus troncos se projetando para os lados. Altas, baixas, bojudas ou finas, a sua obsessão aparece nas várias repetições da mesma obra, sempre incompleta, sempre rascunhos que não chegam a uma conclusão satisfatória. Refazendo a mesma coisa tantas vezes.

Quando coloca os dedos nos sensores e volta a repuxar o objeto virtual, a paz que a criação lhe proporciona é afligida pela voz de Meadara, que fica descrevendo tudo o que está fazendo, falando alto, sem manter os pensamentos para si. Como se não pudesse lidar com o som da própria cabeça e precisasse falar para que todos ouçam.

– Não tem mais aquele chá que eu gosto?

Axel suspira e se levanta, indo até a cozinha e, sem olhar nos olhos dela, liga a impressora de bebida e aperta a sequência óbvia de botões que a sua ex sabe muito bem qual é.

– Achou o que estava procurando? – ele pergunta, encarando a xícara que é preenchida pela bebida idêntica a um chá feito com ervas, porém combinado por uma complexa manipulação química possibilitada pela tecnologia biomecânica.

– Sim, está aqui – ela mostra um misturador de massa colorido.

– Você veio aqui para pegar esse negócio?

– Ah, eu gosto, não acho mais um desses. – Ao receber a caneca com o chá impresso, Meadara toca nos dedos de Axel. – Obrigada.

A campainha aparece dentro da visão no Omni de Axel, que vai atender.

Agora é Abelha quem surge, os olhos dos dois se encontram por alguns segundos, em silêncio, antes de se cumprimentarem com um abraço protocolar.

– E aí, mano.

– Beleza?

– Ô Meadara, acho que vou levar uma multa porque pousei numa vaga reservada. Pensei que ia ser rápido.

– Já vou, deixa eu só ir no banheiro.

Axel dá passagem para o amigo e logo Opção vem correndo e começa a se esfregar nas pernas de Abelha, balançando o rabo de espanador.

– Isso é saudade, é? O cacete, tá é limpando essas remelas na minha calça.

– Ela não coça os olhos com a pata implantada nem a pau – diz Axel.

Abelha ri e fica olhando para um porta-retrato na parede.

– É, a gente sabe quando uma coisa não é de verdade.

Meadara surge e, quando se agacha, chegando por trás para fazer um carinho em Opção, falando miando, a cachorrinha vira num susto e avança em uma mordida de alerta.

– Ei, tá maluca? Sou eu, a mamãe. – Opção balança o rabo e baixa a cabeça. – Eu, hein. Cachorra maluca. Fui eu que te adotei, viu? Bom, deixa eu ir logo. – Meadara dá um abraço demorado em Axel e sai. Abelha não cruza mais olhares, toca o punho e também passa pela porta, que desliza fechando-os para o lado de fora.

Pendurado no meio de quadros de aviões de combate está uma foto de Meadara e Axel vestidos como pilotos, junto com Abelha, Dário e o comandante Gládio ao lado, os Tipo-R atrás compondo com o pôr do sol laranja de Eden.

◆

O manche sensível devolve a vibração da nave, o corpo de Axel tomba para os lados para ajudar a lidar com a velocidade e as mudanças de altitude da Coração. Ela varre o ambiente com fortes faróis e vai se desviando das paredes que se estreitam e alargam, um longo e sinuoso túnel navegado pelo mapa que o computador desenhou até o possível alvo.

Subidas e descidas acompanham as ranhuras, textura de pedra comum até que as veias bulbosas cobertas de muco espumoso surgem por todos os cantos.

– É, estamos dentro de alguém, não de alguma coisa.

Opção fica na frente como se protegesse a nave do que vem a seguir, abrindo caminho e garantindo que estejam na direção correta. O seu corpo brilhante também ajuda na iluminação.

– Atenção, formas de vida detectadas – diz a Coração.

– Mas tá cheio de vida por toda parte.

– Formas de vida avançando em nossa direção.

– Não enxerga nada, Opção? – Axel move as câmeras e as luzes, até que a luz rebate em estruturas fluorescentes como olhos de predadores surpreendidos na noite. – Ali em cima!

Como que por telepatia a nave ancilar se posiciona entre a Coração e os bichos. São as mesmas amebas flutuantes que viram do lado de fora e tentam se acoplar na Opção, mas se queimam com a energia que a envolve. A secreção que liberam espirra nas paredes, que revelam veias e ranhuras orgânicas e pulsantes.

– Dano na fuselagem – diz a Coração.

– É tipo ácido? Droga, vai ser difícil andar por aqui sem termos contato com isso.

– Alvo estimado em oitocentos metros.

– Então aguenta – Axel grunhe para lidar com a pressão da aceleração, alterna os olhos entre o visual revelado pelas telas e os relatórios de danos que se acumulam tanto na parte orgânica como na mecânica da nave. Com os dedos espremendo o comando, atira para trás para afastar perseguidores enquanto constata que as paredes são sensíveis às agressões e aumentam os espasmos. – É, estamos mesmo dentro de alguma coisa viva.

– O caminho do mapa e o comportamento das defesas indicam a região final de um sistema de digestão.

– Estamos nos intestinos da droga do bicho. – Axel olha para Opção sob ataque e suspira. – Cacete, bichinha, vai aguentar mesmo isso? – as amebas se acumulam umas nas outras, apoiando-se nas que estão se queimando, e vão criando peso que desestabiliza o voo da nave apêndice, que passa a perder altitude. – Coração, não vai dar.

Axel aciona os reversos e perde velocidade, mira o melhor que pode com a roseta tremendo e usa o laser, fritando alguns da camada de cima e liberando Opção para ganhar força.

Quando Coração avisa que a companheira recebeu dano na fuselagem, Axel não evita pensar quando pisava no rabo da cachorrinha e ela saía de perto como se estivesse sendo punida. É o que a brilhante faz, sacudindo-se para tirar o resto das amebas e circundando para as seis horas do caça edeniano.

– Desculpa, querida. Falta o quê, trezentos metros? Já não era para dar para ver?

E como se anunciasse a próxima visão, Axel atravessa uma válvula que se abre após atingi-la com um macromíssil e que revela uma câmara grande, tomada por um lago leitoso e ácido brilhando como os núcleos das amebas. Adiante, há uma estrutura mecânica entranhada junto das paredes orgânicas, dificultando entender onde acaba a máquina e onde começa a vida.

– Rebatedor pronto, últimos dados captados baixados e prontos para retransmissão – diz o computador. – Conexão de alta latência detectada.

– Ótimo, vamos logo. Preparar injeção.

Ao comando, o caça projeta as tenazes, e do compartimento bombardeiro sai um braço com um míssil pequeno, sua ogiva cheia de garras e ranhuras como uma aranha de pernas para o ar. Tudo isso enquanto Axel manobra o desconforto, pois a nave desvia pelo pequeno espaço de todos os ataques da defesa intestinal do planeta como um besouro que já levou um tapa.

– Até que a Opção tá se virando, hein? Sistema de mira de precisão – diz Axel, mas larga o programa aguardando o seu input quando vê os primeiros tentáculos mecânicos saindo de dentro do líquido turvo para dar um bote. Após o susto, sente um sacolejo incômodo que só não é pior do que o aviso que vem a seguir.

– Compartimento bombardeiro danificado. Míssil perdido, preparando segunda tentativa.

– Ah!! – Axel range os dentes e já comanda a colheita dos fragmentos enquanto o sistema de reparo tece e reimprime os fechos e o disparador.

– Tempo estimado para novo projétil rebatedor, 43 segundos.

Pelas câmeras o piloto vê que Opção acabou de receber um impacto para protegê-lo e mesmo assim voa pelas bordas puxando a atenção dos tentáculos, que não são muitos, mas já passam a atrapalhar ainda mais o movimento neste interior.

Axel grita enquanto o vulcão circular fere as paredes até concentrar a rajada no ventre mecânico, que vibra e causa ondas no lago, revelando as origens dos membros. Os tiros magnéticos despedaçam dois deles.

Alterna a atenção para o "Tempo estimado, 25 segundos" e o seu estômago se remexe enquanto mergulha e pensa que nem mesmo os grandes pilotos vão viver para sempre. A questão é que não tem medo da morte, o que é ainda mais bizarro. O que tem medo é daquilo que virá a seguir.

◆

– Estou feliz que estejamos fazendo isso juntos.

Axel apenas olhava para o corpo sem carne e prostrado, apenas os pelos velhos e malcheirosos se não estivesse vedado do contato pela maldita roupa que os protegia da infecção. Meadara com certeza chorava de dentro das suas vestes protetoras e Axel franzia a testa.

◆

Gládio deu alguns passos e expirou o ar de dentro do invólucro de onde transmitia o briefing da Operação Salamandra. Então continuou a explicação:

– Após a instalação do rebatedor, em meros dois ou três segundos nossa conexão presente estará completa. O que quer dizer que os cultivadores deles estarão carregados exatamente com o estado em que vocês estavam naquele último instante.

◆

Opção flutua se debatendo até que o tentáculo grudado arranca um pedaço de sua fuselagem, despencando com o prêmio incompleto para dentro das ondas de ácido leitoso. A energia que ela carrega começa a aumentar, dizem os sensores. Está expandindo o próprio campo de força até um nível acima das próprias capacidades registradas até este momento.

– O que você está fazendo, caramba? – Axel olha a câmera que mostra aquela amigável forma de vida estranha, alienígena, sem qualquer razão para o acompanhar com tanta obediência e dedicação.

– Treze segundos para preparação.

– Sistema de mira de precisão – diz o piloto com a voz morta e a testa doendo de uma enxaqueca que chega para a festa. Um tentáculo passa rasgando sua lateral, a massa perdida começa a ser reconstruída pelas agulhas impressoras.

Amebas grudam na fuselagem da Coração e balançam a mira, é impossível travar o alvo, mas logo chega Opção pulsando força máxima. Ao se encostar na nave edeniana, queima os inimigos, mas também a lateral do caça.

– Dano na fusel–

– Cala a boca! – Axel continua mirando e trava o rebatedor para disparar bem no meio do ventre mecânico do monstro. Quando o calor de fora chega até o cockpit, pensa no corpo da cachorrinha grudado em suas pernas quando invadia a cama sem ser convidada.

– Dois segundos para preparação. Alvo travado com sucesso.

Opção é uma bola de energia que protege a Coração de todas as investidas, repelindo duas vezes os tentáculos que tentavam agarrar a nave.

– Agora! – o piloto confirma o comando. O míssil sai rápido e, mesmo resvalando em um dos tentáculos, crava na parte mecânica do monstro.

– Alvo atingido.

Axel puxa o ar pela boca, uma, duas vezes, e já dispara pelo túnel posicionado logo acima para a fuga desesperada.

– Vamos, Opção! Vamos! – A apêndice o segue com a energia intensa que expele, como se fizesse parte da propulsão da nave edeniana.

– Transmissão rebatida com sucesso. Rede de cultivo ampliada.

O túnel continua e Axel rasga membranas, avariando o corpo do caça, mas continua ascendendo para renascer na atmosfera. Ele ri, gargalha, certo de que escapou da experiência que tem adiado por tanto tempo.

Mas então nota que Opção começa a perder a velocidade, e a energia que a navezinha solta vai diminuindo.

– Vamos, falta pouco, estamos quase lá! – Ele se engana. – Instalamos a primeira rebatedora. Vem! – O brilho intenso agora começa a diminuir, a companheira parece ter cansado de correr ao lado de Axel. – Não. Não! Coração, as tenazes, vamos pegar a Opção.

– Braços auxiliares em reparo.

– Interromper.

– Múltiplas formas de vida se aproximando.

– Foda-se! Me obedeça, me obedeça! – Mas a nave não responde aos seus comandos para reverter a propulsão. A câmera traseira mostra que amebas estão se acumulando sobre Opção, que em um último esforço expele alguma coisa, um pedaço de sua própria carapuça, que voa até se grudar na Coração.

– Corpo estranho.

– É da Opção, deixa! – Axel diz, e abre a boca devagar, como se quisesse colher mais ar, quando vê que a companheira perde a luz pulsante até finalmente se apagar e sucumbir para dentro do buraco.

Quando a cachorrinha recebeu a injeção letal, tentou se reerguer pela última vez. O seu corpo que não tinha mais forças, os seus músculos consumidos pela doença, a sua pata protética inchada e mais forte que todo o resto de sua compleição.

Axel não percebe, mas a Coração já emergiu na atmosfera e agora rompe o mar de pólen em direção a escapar do planeta.

– Perigo evitado, piloto automático desligado.

O piloto continua olhando sem enxergar nada. Agora uma chuva cai e lava os vidros que o separam do exterior hostil. Não há mais assinaturas da energia e da presença que ele conhecia como Opção nas janelas que sua visão aumentada apresenta. Apenas um pedaço dela, que se grudou na fuselagem, está sendo costurado e incorporado pelas tenazes.

Morte

O pai borrifou água na argila e com as goivas foi cavando e modelando sulcos na superfície. Axel olhava com atenção, como se o que Zé Vious estivesse fazendo fosse mais do que manipular barro.

– Isso não é manipular barro – ele disse, adivinhando o pensamento do garoto de olhos negros e brilhantes. – Você sabe o que é isso?

O dia forçava o calor para dentro das janelas fumê, Illis se punha ao fundo como se vestida por um véu que a guardava dos curiosos.

– É esculpir?

– Isso é o que o pai Raiden diria. Que é isso, Axel, parece que não estuda comigo há uns seis anos.

– Ah, pai, eu não sei.

– Isso é criar, meu jovem. – E, empolgado pelos olhos arregalados do garoto de quatorze anos, Zé Vious continuou: – Esta é a única forma verdadeira de vencer a morte que a humanidade concebeu. Pensar que a gente já viaja pelo espaço e ainda não conseguiu vencer o câncer.

– Por isso que você fez a Galaguinha? – Axel olhou para a escultura que representava uma cachorrinha comprida, pelo rente ao corpo magro e patas compridas. – Por sentir falta dela?

– Sim. Mas não é a primeira vez que eu a faço. Ainda não está boa. Mas a cada vez que tento, ela fica melhor.

O garoto Axel sorriu e com alegria aceitou as ferramentas para desenhar texturas na pelagem de barro da cadelinha.

Seis meses depois, José Vious, instrutor de artes tridimensionais do Centro de Criação da Capital, passaria por uma cirurgia para tratar de um tumor que surgiria de repente e se alastraria por seus órgãos.

Em nove meses, ele faleceria.

E só muitos anos após a resistência da invasão dos biomecânicos e o contato com a tecnologia alienígena, a cura do câncer foi atingida.

◆

Opção se foi, e isso aconteceu logo depois de Axel completar a primeira instalação de rebatedor. Mas ela não era parte dele ou da nave Coração, não adianta querer se convencer de que isso poderia mudar alguma coisa.

Meses depois, o caça flutua no meio da majestosa estrutura sem dar atenção à cidade morta que se espalha lá embaixo. Alguma civilização que a humanidade nunca encontrou jaz desligada e esquecida, um legado que sobreviveu ao tempo e ao fim dos seus criadores.

Axel pilota em silêncio, projetando seus fortes faróis mais para satisfazer a curiosidade visual de quem construiu tantos castelos de areia do que por necessidade, já que o mapa de topografia gerado pelos escâneres o mantém em curso seguro. Conferindo o modelo 3D gerado na realidade aumentada, o piloto confirma que as estruturas desabitadas estão por toda a parte do cilindro, como se viajasse por dentro de um barril de metal com as paredes internas repletas de cidades de brinquedo. Só que mais adiante suas formas geométricas são quase indistinguíveis, viram prédios de barro ou carne, tumores que se projetam para fora da superfície lisa e agora são parte assimilada do império biomecânico.

A cachorrinha Opção corre arrastando a coleira e Axel está

virado para trás, mas quando abre os olhos vê o objetivo a percorrer no mundo real até o centro das máquinas dessa colônia derrotada.

– Eu subi nesta nave porque eu queria estar longe. Eu piloto a Coração porque eu queria estar sozinho. E agora estou. Nada pode me salvar disso.

O computador fica quieto, entendendo que não é uma conversa nem inputs de comando.

Na frente do balcão em um centro de compras, Meadara entrega um copo de café caro e não impresso, cultivado mesmo com todos os processos, orgânico, como se dizia, com o nome de Axel escrito ao lado. Um coraçãozinho adicionado por pedido dela faz o rapaz sorrir e girar os olhos, causando o efeito desejado: Meadara faz uma careta de desprezo e suga pelo canudinho a sua bebida.

Nem o computador, com suas tantas combinações de conversas, o seu sistema de aprendizado e muitas formas de entretenimento podem substituir uma alma que ecoe os anseios de alguém. A existência só é validada porque há alguém do outro lado para a completar.

– Assinaturas de hostis detectada.

– Estou ciente. Prosseguindo.

Axel varre com o vulcão circular uma revoada de vértebras que mal surgem no radar, despedaça-as e se regozija com as explosões que são engolidas pelo vácuo que domina a cidade morta.

Então por que viver sozinho? A mãe Zelaide sempre me questionou isso, Axel pensa, ela insistia que estar com alguém em uma união conjugal seria essencial para os objetivos da colônia. Como um militar, como um cidadão criado pelo governo, eu deveria dar exemplo.

Tinha que mostrar que Eden também poderia prosperar e com uma sociedade mais solidária e que se apoiasse.

◆

Pouco antes da Operação Salamandra

– Deixa eu ver a sua cara enquanto você me fala isso. Aceita o vídeo.

– Tô sem câmera.

– Então pega se tiver coragem. Você tá me vendo.

Axel está com o rosto distorcido pela câmera pessoal que o acompanha pelo apartamento indo de um lado para o outro. Ele para, abre a porta de vidro da varanda, atravessa-a e vê na realidade aumentada as marcações das áreas proibidas pela segunda invasão biomecânica, a silenciosa que causou a pandemia.

– Ai, que mané coragem, cara – diz a voz de Meadara. – Só não quero ficar discutindo. Achei. Pronto.

O rosto dela sem maquiagem tem a boca retorcida para baixo e as sobrancelhas arqueadas. Mesmo assim, está linda como Axel sempre a achou, enquadrada pela câmera flutuante.

– Tá me vendo?

– Eu já estava.

– Está acompanhada?

– Não está vendo que eu estou sozinha, Axel? Fala o que você quer falar, tava tomando café – ela abocanha uma torrada de pão integral com uma pasta verde. Provável abacate com alguma coisa, pensa Axel.

– Só quero saber por que você não me deixa em paz.

– Ih, vai vir com isso de novo?

– Você não está namorando com o Abelha? Pra que fica querendo me encontrar?

– Eu fui na sua casa para pegar os últimos objetos da Opção. Pra doar.

– Que fiquei guardando por meses depois da cachorra morrer.

– E o que que tem? Eu estava fazendo o meu luto. Olha, eu ainda penso muito nela. Não consigo esquecer a Opção.

– E eu não consigo encerrar essa droga dessa nossa relação.

◆

Na escuridão da colônia esquecida, Axel trava a mira em duas, seis, uma dúzia de vértebras, e prepara o dedo que treme não pelo medo mas pela raiva que lhe traz a lembrança do empurrão de Meadara na noite da separação.

Os mísseis se espalham como a adrenalina que correu por suas veias, as palavras ouvidas que decretavam a morte da relação já agonizante explodiram em sua mente, o coração espremido implodindo como o combustível que expelia os destroços dos adversários.

As acusações de Meadara pelo tempo que Axel passava nas missões das bases lunares para a construção das defesas planetárias, enquanto ela mesma vivia virando noites em estudos logísticos para otimizar quais elementos básicos deveriam estar nas naves para que os arsenais autorrenováveis funcionassem.

Eram duas estrelas vivendo em seus próprios sistemas solares sem se preocupar com o que acontecia fora de si, até que a sua proximidade fosse forte o bastante para se destruírem.

– O cérebro da colônia está adiante, continuo tentando abrir as portas – diz o computador, enquanto os visores apresentam a gigantesca estrutura piramidal no meio da civilização dominada pelo câncer alienígena.

– Na boa. Como é que você vai hackear uma máquina biomecânica, mesmo? – diz Axel, para se distrair do choro que está subindo pela garganta.

– Tecnicamente não é uma máquina biomecân–

– Ah, me responde logo que já tô meio puto.

– Retificando. A tecnologia das naves Coração usa a transmissão de informação em nível genético e subatômico, uma completa interface entre organismos naturais e artificiais.

– É isso, é isso. Para mim ainda parece feitiçaria.

– Não é feitiçaria, é tecnologia.

Axel sorri por se lembrar de uma propaganda bizarra de algum dos arquivos de vídeos arqueológicos que o Lúcio tanto adorava.

◆

Meadara fica em silêncio e pausa o vídeo.

– Tá me vendo? – Axel diz sem tirar os olhos da câmera.

– Tô. Mas não quero mais vídeo.

– Bom. Eu só queria entender por que você fez aquilo? Você sabe do que eu estou falando? – Meadara não responde e aguarda Axel continuar a falar. – Quando eu estava na cozinha fazendo chá para você e veio atrás de mim, tentou me beijar. E como se não bastasse, na hora que te levei até a porta, me tacou um puta beijo de língua. O que você me diz?

– Eu não tenho o que falar a respeito.

– Mas assim, eu não sou criança, Meadara. Somos adultos, sei que a gente tem atração. Tenho muito tesão por você. Beleza. Até aí, tá tudo bem. Só logo depois que a Opção morreu você falou um monte de coisas.

– Axel, isso foi há quanto tempo?

– Não interessa, caramba. Pra que foi me falar aquele pacote se não vai bancar?

– Eu já te falei várias vezes. A gente tem muita história.

– É, mas quantas vezes você inventou de ir buscar alguma coisa na minha casa? Utensílio de cozinha, esses negócios da cachorra, o meu livro autografado do Gládio que nem leu a versão digital que já tinha mandado no seu Omni. Você acha que isso não me afeta?

– Me desculpa.

– O que mata não é a desculpa ou o ato, Meadara. O que mata é que você está com outra pessoa, adoro o Abelha, tá tudo bem, mas eu também estava tentando outro relacionamento, sabe? Demorei muito, mas estava conseguindo engatar.

– Nunca te pedi para desistir de nada, Axel.

– Acontece que miou. Depois que você ressurgiu, já era – Axel não olha mais para a câmera, vira as costas e se apoia na varanda. A câmera flutua para acompanhar o seu rosto.

– Eu não vou admitir você me culpar disso.

– Cacete, mas é o que eu estou sentindo.

– Eu já te ouvi.

– Então me deixa matar essa porra dessa relação. Me deixa em paz, putaqueipariu.

– Ah, Axel, você não sabe conversar, sempre parte para essa discussão idiota. Chega! – Meadara corta a ligação e ignora as próximas quatro tentativas que Axel faz.

No escritório de Axel, uma escultura de argila é destruída com um murro.

◆

– Transmissão rebatida com sucesso. Rede de cultivo ampliada – diz a Coração.

Axel aumenta a propulsão e seu corpo se espreme para trás quando começa a voar para fora da cidade de dados. Não houve resistência, os dois enormes robôs dormem sem calor ou alimentação, engolidos pelos tumores biomecânicos, provável que tenham se danificado sem chance de reparos durante a invasão que aconteceu sabe-se lá quanto tempo atrás. O edeniano deixa a biblioteca infindável que não poderá ser usufruída por ele. Talvez, se a humanidade um dia puder fazer o download através da rede interespacial que estão instalando, terão acesso a uma cultura assimilada que dorme nas estruturas monolíticas que jazem emparelhadas nesse cemitério de guerra.

Até que uma rajada de laser passa de repente, Axel maneja por puro instinto e escapa por um triz, a asa direita lacerada pelo ataque.

– Caceta, que tiro foi esse.

– Atenção, grande assinatura de energia detectada.

– Você disse que esse robozão tava desligado!

– Meu diagnóstico é que foi energizado agora por vontade da entidade orgânica.

Axel resmunga e gira a nave, descendo para procurar algum ponto vulnerável, já que o colosso possui uma carapaça larga e extensa como um cogumelo. Olhando pelo lado positivo, o outro continua deitado.

– Ah! – Ele inclina a cabeça e se concentra nos indicadores que pulam por todos os lados. – Atenção no combate!

– Aguardando comandos.

Quando faz o rasante e se aproxima dos prédios de armazenamento de informação, Axel encontra entre as duas pernas do monstro um canhão que dispara rajadas ritmadas sem chance de reação.

E vê a vida diante dos seus olhos, como todas as velhas histórias contam.

A disputa de bebedeira de tequila com Abelha em um bar barato e sujo de fim de noite. Uma discussão filosófica que ele nem levava muito a sério, mas não dizia para não irritar o seu mestre Gládio naquele passeio pela superfície da lua edeniana. E o primeiro beijo em Meadara na estação de transporte militar, que teve o mesmo gosto do que ela deu pouco tempo antes da Operação Salamandra, roubado em sua própria cozinha.

Porém uma energia forte e brilhante protege a Coração, suportando o impacto dos projéteis que poderiam afundar um cruzador espacial.

Por puro instinto, Axel afunda o dedo no gatilho e vomita o laser direto, que explode com a arma inimiga localizada entre as pernas.

– Quero ver pra fazer xixi. – diz o piloto. E para o computador: – O que diabos você fez?

– Carregando...

– Vai durar mais esse negócio mágico? Por que não me contou antes?

– Relatório pronto. O pedaço da nave apêndice que se grudou em minha fuselagem está provocando esse campo de força que não faz parte do meu equipamento original.

Opção, Axel pensa. O choro que segurava antes agora vem.

– E vai aguentar mais? – o edeniano diz enquanto desvia de uma rajada laser vinda da parte de baixo da carapaça, destruindo muitos dos prédios de dados inestimáveis, uma pena, sem dúvida. Aproveitando que o segurança teve que se retorcer todo para persegui-lo, Axel usa o vulcão circular e atira para trás, buscando as partes desguarnecidas. Atinge-o e o corpo mecânico todo brilha, acusando o golpe. – Tá dando certo – ele solta um suspiro. – Me diga, Coração, vai aguentar mais?

– Em processamento. Relatório pronto. Negativo, se o campo de força for acionado de novo, vai consumir minhas reservas e acabar com a autonomia do veículo. Estou passando o acionamento desse recurso para o manual.

– Você nunca gostou da Opção, né? – Axel grunhe enquanto o corpo se torce e afunda ao mesmo tempo, a nave inclinada e descrevendo uma parábola para fugir de uma nova varredura de laser até que a parede se aproxima e ele precisa mergulhar para baixo.

Só que agora o segundo robô já tinha sido acionado. E o laser que ele cospe pega em cheio na nave Coração, consumindo-a no meio da luz até que não seja mais que um vulto.

◆

Uma agulha de crochê é movida com velocidade, enganchando e trançando a linha vermelha de carne em um padrão previsível e contínuo. Constrói a borda, cava para dentro para fazer uma alça que a liga ao círculo interno, repete como uma máquina até que se feche e agora inicia o quadrado que se projeta para fora e será a base do próximo círculo concêntrico.

Gládio olha para a esposa trabalhando na peça hipnotizado, os olhos piscando até quase dormir, então desliga.

Uma impressora tridimensional imensa desenha as bordas de uma máquina fundindo minérios e elementos em vigas e encaixes, um esqueleto artificial que, completo, é preenchido por cada um dos pequenos componentes que realizarão pequenas funções. No todo, um construto que imita a vida, máquina de transformação de energia que navegará o universo material, sem conter dentro de si o mistério da existência que nem os mais sábios humanos puderam vislumbrar pelos séculos.

Abelha para ao lado de Lúcio e apoia a mão em seu ombro, curioso com o que ele esteja vendo pela milésima vez. É um holovídeo de uma aranha tecendo em tempo real sua delicada teia. Ela faz a estrutura por toda a volta, checa se os fios que a sustentam estão firmes e são suficientes para fazer a parte interior, então dedica-se à tediosa e delicada repetição na direção do centro. Um labor diligente, feito com a seda expelida por si própria, uma casa, uma armadilha, uma extensão dela mesma em que morará até que precise se mover para outra região.

Um braço é construído por impressões subatômicas que recombinam elementos em uma compreensão profunda e nunca antes acessada pela ciência humana. Cada pequeno fragmento da sua composição química e genética replicados na posição original, na temperatura correta, nas condições exatas, milhões de pequenas agulhas imprimindo e trançando um tecido como outro qualquer, mas este contendo a pulsão da vida.

Meadara esmaga a farinha com os ovos até que a mistura incorpore todo o pó e esteja lisa o bastante. Nem liga para a mãe que ralha com a incompetência dela, sorri por dentro pelo raro momento em que puderam estar juntas, preparando a própria refeição, algo de verdade, não impresso ou processado. Toda suja de trigo, afasta-se do balcão enquanto a mãe mostra o jeito certo de passar a pasta amarela pelos cilindros que vão afinando a massa e morde o lábio por dentro, lembrando que é a primeira vez em dois anos que passam uma tarde juntas.

As roupas que cobrem a pele do corpo que surge no centro da nave são compostas de elementos diferentes do organismo que as habita. A nave que se forma em volta é a junção de algo vivo, que multiplica suas células e se renova, com um complexo inanimado em simbiose perfeita. Aranhas subatômicas formam teias de ligações inatingíveis pelos melhores engenheiros humanos. Agulhas de crochê dançam balés rápidos e impossíveis de serem acompanhados, em tantos palcos diferentes, coreografia nanométrica, movimentos coordenados iniciados em pontos distintos mas que se encontram em padrões inesperados. Mandalas simultâneas desenhadas por fantasmas da sabedoria biomecânica.

A lembrança de Axel é a textura áspera e que faz cócegas das lambidas de Opção na sua mão largada, no braço dormente projetado para fora da rede. Cochilava sobre a confortável textura trançada por artesãos que referenciam os antigos métodos pré-coloniais no alto de sua varanda na capital de Eden.

Quando o piloto abre os olhos reanimado com uma injeção de adrenalina, Coração já está em um voo de fuga no meio de um complexo biomecânico que agora detecta a presença intrusa no meio de seus cultivadores de unidades militares.

– Robôs de correção nos perseguem, administrando químicas para ressurreição do piloto. Protocolo de fuga automatizado em execução.

– Hã? – Axel pisca e sente o gosto na boca amarga e recém-impressa, odiando a montanha russa que as câmeras mostram, a realidade aumentada e displays o avassalam com uma enxurrada de informação. – Nossa, é pior que entrar em partes obscuras da Omni sem bloqueador de propaganda.

– Bem-vindo de volta à vida, Axel.

– Eu te conheço? – O piloto sorri da piada sem graça.

– Sim, Axel Vipero. Eu sou seu comp—

– É brincadeira, Coração, me tira daqui que eu tô muito zonzo e não vou conseguir fazer manobra nenhuma.

– Compreendido. Usando banco de dados de manobras para fuga.

– Tá, me chama depois dos comerciais.

Axel olha para os próprios dedos enluvados sem acreditar que aquilo realmente aconteceu.

◆

Meses atrás

– Vocês vão morrer. – A sentença do comandante Gládio é seguida por um silêncio coletivo de todos que ainda se mantêm na conferência que informava sobre a Operação Salamandra. – É matematicamente impossível que alguém sobreviva em um único caça contra naves interplanetárias de uma tecnologia superior à nossa e ainda por cima sendo confrontado por incontáveis inimigos.

Axel pensa nos jogos que Lúcio tanto gostava, um único piloto que mergulhava pelo espaço em uma missão solitária.

– Mas vocês vão retornar. – Gládio diz em seguida, dissipando os pensamentos de quem quisesse fugir daquilo que era anunciado. – Seremos membros que, se decepados, crescerão de novo. Como os de uma Salamandra. Se a vida é algo que pode ser entendido e modificado como sempre tentamos na história da humanidade, não há por que negarmos que uma compreensão superior como a dos biomecânicos tenha chegado à conclusão de que os funcionamentos mais básicos e misteriosos são somente mais um tipo de informação. E ao decifrar esses dados, eles os transmitem através do universo para se expandirem e persistirem como espécie, sendo indestrutíveis ainda que sua matéria física seja desfeita. É na transmissão dessas mínimas informações que põem em movimento os átomos de nossos organismos que se replica o milagre que nos faz mergulhar no fluxo do tempo.

– Eita papo doido. Resumindo, a gente vai ter várias vidas – diz Abelha. – Tipo videogame?

A maior parte dos que presenciam o briefing riem da brincadeira, mas o avatar de Dário cruza os braços, sem mudar a expressão.

– Sim – diz Gládio. – Mas a sensação vai ser tão ruim que vocês vão desejar que não aconteça. E ainda não sabemos todos os perigos desse procedimento. É uma medida desesperada.

– Portanto, evitem morrer – diz Axel e apenas alguns riem. – Ou seja, a mesma instrução de sempre.

Agora mais deles se rendem às gargalhadas. Até Dário abre um sorriso no rosto.

Solitude I

Opção anda dentro de um cercado armado no meio do salão amplo e branco. Axel olha para ela correndo de um lado o para o outro, arrastando a sua correia rosa, enquanto os seus pelos compridos e pretos quase varrem o chão. A sua nova patinha protética orgânica tem uma tatuagem de ossinho na parte dos pelos expostos pela tosa. Presente de Meadara quando ficou com ela no último fim de semana de tutela, que jurou que isso não causou dor nenhuma na cadelinha, esse papo de doer é de séculos atrás.

– É impressionante como parece que nasceu com esse membro – diz Axel para Zelaide, sua mãe desinteressada.

– Essa tecnologia alienígena ainda está em testes. Estão cobrando barato desse jeito porque não sabem o que pode causar em organismos terranos.

– Meadara quis colocar, eu sempre fui contra, mas vendo Opção correndo desse jeito já acho que valeu a pena. E sei lá se somos totalmente terranos, hoje em dia. Mesmo com a terraformação este planeta tinha suas próprias bactérias e formas de vida.

– Muito bem – a velha professora e instrutora adota o tom de palestra. – Mas, assim como lembra disso, não se esqueça que nossa adaptação e a imunidade desenvolvida nos últimos séculos nos faz conviver em paz com esses micro-organismos.

Axel solta um muxoxo.

– A gente sempre se adapta, não importa ao quê.

Aproveitando a deixa, Zelaide pergunta:

– Como está a vida sozinho? É mesmo o que sempre quis? – A mãe tira um comprimido de um frasco do jaleco e toma com o chá frio, devolvendo o copo de papel para a mesa.

Axel pensa no vazio das tardes dos dias do fim de semana em que descansa. O silêncio forçado que os vidros de isolamento de som produzem, a vida gritando lá fora sem que ninguém escute. O vazio preenchendo-o de todos os lados, especialmente quando Opção não está em casa.

– É pacífica.

Zelaide fecha os olhos longamente, como a se preparar para a próxima frase. Então solta logo o ar e fala enquanto remexe o polegar direito sob os outros dedos.

– Escute, vai ter confraternização aqui nos próximos dias. Talvez devesse vir. Tentei chamar o Luciano, mas ele não aceitou. Bem, é melhor que não venha mesmo.

– O Abelha e a Meadara vão passar o fim de semana fora.

– Que falta de educação ficar chamando as pessoas por apelidos. Mas vão para onde?

Axel pensa na ausência de Lúcio. Como Abelha está lidando com isso? Vê Meadara e Abelha no mirante que dá para o campo de energia eólica, tomando o sol morno de Illis em uma tarde dourada. Apenas os dois.

– Não me interessa. Só sei porque vou ter que ficar com a Opção, ela me pediu.

– Ela não cuida nunca da cachorra? Arrumou para a cabeça e depois fugiu.

– Ih, mãe, pensei que isso era uma consulta de acompanhamento de afeto.

– É assim que é o afeto das mães dos biológicos, você sabia? Bem chatas e grudentas – Zelaide ri e sorri com seus olhos claros e enrugados.

– Por que a mãe Victoria não está participando? Ela é mais científica e menos biológica que a senhora – Axel solta um riso pelo nariz.

– Pois saiba que toda a ciência do comportamento que os humanos conceberam há quatro séculos ainda não impede que os filhos façam tudo para contrariar as orientações dos pais.

– Está falando isso porque nunca tive filhos quando estava casado? Vai vir com o argumento da mistura de genes e da integração entre biológicos e cultivados também? – Axel diz com os olhos semicerrados e os lábios em deboche enfeitando o rosto.

– Esse seu bom humor me irrita.

– Relaxa, mãe. Sei que está preocupada comigo. Mas está tudo bem. Não estou sozinho demais.

– Deveria sair. Não ficar apenas treinando em simuladores ou criando monstrinhos.

– São esculturas. E aquilo me faz bem. E simuladores são trabalho. É a carreira de quem luta pela humanidade.

– Pense na festinha que falei. Com todos esses planos que os militares estão fazendo, é importante que cuide da saúde mental.

– Contanto que não tente me casar de novo. Ou melhor: me recomendar como isso garantirá a continuidade da espécie.

Axel se levanta e desliga o campo cercado portátil, que desaparece com suas bordas azuis brilhantes e recolhe seus mourões eletrônicos, os quais se unem em um único dispositivo do tamanho de um copo grande.

– Não viajamos tanto tempo pelo espaço para sermos bichos

que se isolam em seus refúgios, Axel. A humanidade se realiza na sociedade, nas trocas, nos encontros.

Com Opção no colo arfando de tanto correr, Axel sorri para a mãe:

– Opção cuida de mim e eu cuido dela. Veja que simbiose. – E, apontando para o aparelho auxiliar do Omni dela: – Valide minha presença na sessão de hoje e relate que sou saudável afetivamente, por favor.

Zelaide vê Axel se afastando, atravessando os ladrilhos impecáveis da área de recreação. Opção olha para a mãe por sobre o ombro do rapaz, a língua de fora e as orelhas peludas balançando com o movimento.

Abelhas Gêmeas II

No isolamento só há espaço para ser ele mesmo.

Sem expressão, ele pressiona os botões com desenvoltura. Ainda que os jogos de hoje em dia não exijam mais inputs físicos, Lúcio se diverte com a ideia de uma interface rudimentar que o separe dos desenhos que se alternam na imagem da tela. Velhos pedaços de arte gráfica de séculos atrás feitos por pessoas que provavelmente nunca imaginariam o que seria o futuro da humanidade. Um futuro em que o entretenimento popular é feito em sua maioria por inteligências artificiais que combinam os resultados de obras de sucesso historicamente comprovado para garantir a liberação de hormônios da felicidade dentro dos padrões desejáveis. Audiovisual, literatura, pintura, música, o que o algoritmo disser que você quer, direto do infindável acervo de criações humanas, onde o inconsciente coletivo pode ser impresso e condensado em algo visível, audível, presenciável. Uma realidade em que os sonhos são palpáveis.

Lúcio ignora a ligação de Abelha em seu Omni. Não dispensa a chamada, apenas silencia o alerta até que o irmão gêmeo canse e o deixe sozinho. Sem se interessar que Abelha esteja se preparando para defender Eden de uma nova invasão, sem deixar de destruir todos os inimigos que se alinham para serem dizimados em seu velho videogame, sem impedir que a Doença que os biomecânicos trouxeram te desabilite a cada dia por dentro, enfraquecendo seu sistema e lhe drenando a vontade de viver.

Quer estar sozinho. A refeição sendo entregue pela porta transparente após o dispositivo desinfetante fazer o serviço não é necessária. Está acumulada com as últimas três. Potinhos selados e com tampas transparentes para que se visualizem os conteúdos. Pastinhas, bebidinhas e sopinhas insossas e nutritivas que anunciam que já não há o que a ciência humana possa fazer contra a ameaça alienígena. Só lhe resta esperar para morrer.

Imagina se o fim será algo triste ou apenas vazio.

No jogo, ele morre. Não porque não saiba todos os padrões de ataque, os lugares de onde surgem as naves adversárias e os perigos. Mas porque quer. Seu caça se dissolve em pontinhos brilhantes quando o jogador o deixa ser atingido por pequenas bolas vagarosas que mal simulam uma verdadeira batalha aérea. Porém o avatar sempre volta. Quando acabam as vidas, é só reiniciar o mesmo roteiro pelas fases.

Lúcio se deita e olha para o teto no quarto vazio do hospital geral do Centro de Criação. Sem luzes acesas, a sombra manchada pela claridade que entra pelo vidro transparente da porta de observação que os cientistas mantêm. Ninguém quase vem visitá-lo mais, só as protocolares para confirmar os dados já esperados. Não há estatísticas que mostrem humanos ou animais que tenham sobrevivido à derradeira invasão biomecânica.

Talvez saibam que ele não se importa mais.

Ignora mais uma ligação de Abelha no Omni e comanda para que delete, sem abrir, as imagens, áudios e holovídeos que ele manda.

Lúcio pisca os olhos devagar e imagina um mundo desenhado em pixels com poucas cores, suas animações rudimentares e lentas transições de quadros e movimentos de câmera. Inspira fundo e imagina a música que tanto gosta no seu jogo preferido. Ela lhe lembra a música de transmissão dos alienígenas.

Tu-tam-tumm. Taammm-Tummmm.

Solitude II

No isolamento do espaço, só há como ser ele mesmo.

Axel dorme um sonho induzido. Com a Coração navegando em modo invisível, com todas as suas transmissões interrompidas para que ninguém possa distingui-lo de um pedaço de asteroide no meio do oceano de piche, o piloto troca com a nave seus fluidos e aceita, passivo, os reparos e tratamentos que o suporte de vida lhe impõe.

Constantes testes de índices do sangue mostram as discrepâncias em níveis de gorduras, açúcar e alterações que a falta de atividade muscular lhe causa. São corrigidos com reequilíbrios químicos administrados dentro do sistema do indivíduo, colhendo suas secreções corpóreas e reciclando-as para devolvê-las para a fuselagem orgânica ou para ele mesmo.

Em uma rotina infalível, o protocolo de estimulação muscular o desperta de tempos em tempos para a sequência de choques que criam espasmos que sacodem a carne parada. No começo Axel se constrange quando as imagens de realidade virtual projetadas saem dos reinos dos esportes, que de fato o deixam suando e até mesmo dolorido, e imergem em sessões de amor. Mulheres inexistentes invocadas da ficção ou famosas personalidades virtuais geradas com esmero por inteligência artificial para os holofilmes e propagandas da colônia. Ele tem todas elas, quando quiser, como quiser, ainda que em um ciclo de eterna insatisfação. Um copo que nunca se enche, a sede nunca saciada.

Axel é uma peça dentro da máquina que persiste nesta tediosa travessia, um ser feito de paciência, direção e obediência.

Tuuumm. Tam-tum. Tam-tummm.

Seguindo uma música que não para de tocar, a respiração melódica de um império que apenas se expande sem limites e sem objetivo final se não existir.

Em um universo onde os sonhados saltos espaciais são tão raros que só resta se arrastar sem pressa, torcendo para não ser apagado no meio do caminho.

Mas Axel sonha em seu mergulho químico. Dentro da sua

mente há muito por onde andar e reencontrar-se com as imagens diáfanas do irreal.

Em algumas sessões, o Omni entrega músicas baixas que o mantêm relaxado ou em transe, trilha sonora para nadar por acontecimentos sem ligação como a perseguição de Abelha, que nunca vira o rosto em sua direção, mas é ele, não há dúvidas, são crianças no meio do Centro de Criação, as paredes coloridas e divertidas com imagens lúdicas e agradáveis, as mães e pais sem rostos desviando-se dos moleques que procuram apenas o movimento.

Ou Opção com a barriga para cima, mas é impossível enxergar aquela sua carinha de assustada, o toque constante dos seus pelos mais finos na ponta dos dedos e o jeito com que ela retorce o tronco, submissa, pedindo que não pare de lhe dar afeto, mexendo a pata protética antes de colocarem a maldita versão impressa com a tecnologia biomecânica. No sonho ela não é causa de crises alérgicas que se esgueiram entre o sucesso das medicações que Axel recebe agora pelos reguladores internos instalados em seu corpo.

Então desperta no meio da noite para fazer xixi e se desenterra dos cobertores aquecidos por eletricidade com cuidado para não despertar Meadara, que também não lhe mostra o rosto, virada para o outro lado e encolhida, profundamente distraída com o descanso, não tem problema que faça barulho, mas, depois de a descarga a vácuo se acionar e retornar ao cômodo, Axel encontra-a embalada não só pelos cobertores, mas também por outra presença. Aí vem aquele susto que faz com que a gente acorde, só que não há despertar, está em sono profundo, e volta pela porta de cultivo que passou ao nascer e mergulha no mar de branco, quente, para dentro do invólucro de desenvolvimento fetal, retorcido como o corpo de Opção, ligado pelo umbigo para receber nutrição e afeto, viajando pelo infinito.

Sozinho.

Solitude III

– Você não se sente sozinho? – diz o jovem Axel ao pai Zé Vious, que retira a tampa pesada que cobre a boca do fogão a lenha.

– Por que me sentiria? Vocês estão sempre por aqui. Até demais pro meu gosto – o pai gargalha enquanto sente com a ponta dos dedos o resultado da queima das cerâmicas. – Hmm, ainda está quente. Vou esperar mais um pouco.

– Ah, você não mora com ninguém. A gente sempre vem, passa um tempo mexendo com barro e as coisas, dá uns passeios e vai embora.

– E por que eu trocaria esse intervalo entre os encontros por outra coisa?

– Hã?

– O que quero dizer é que se você olhar a sua volta – e Axel é delicadamente conduzido para fora do ateliê de estrutura rústica. O garoto acompanha com os olhos o braço estendido do pai, e procura por toda a extensão da planície dourada pelo pôr de Illis o que ele está mostrando, sem sucesso –, verá tanta vida que não entenderá mais por que me perguntou isso.

– Eu ainda não entendo.

– Aqui eu tenho os meus vasos, meus potes, minhas sessões de química com a Mãe Natureza.

– A gente só faz coisas de barro, não tem aula de química.

– Tem sim. Ao manipular os materiais a gente está participando da transformação das coisas. E isso é a essência da química.

– Demora muito ter que ficar esperando o forno esfriar – Axel cruza os braços e esfrega um pouco a própria pele ao receber uma lufada de vento.

– Aqui fora é que está esfriando. – E falando dentro do próprio Omni, Zé Vious manda um áudio. – Zelaide, vocês já estão voltando da caminhada? Está ficando frio. – Agachando-se ao lado de Axel, de cócoras, o pai diz:

– As transformações demoram. Mas é por isso que há beleza.

◆

Axel sente o calor morno de uma cerâmica que saiu do forno. Abre os olhos com a boca amarga pelas químicas do mundo dentro da Coração e um medo lhe escala a cabeça. A mesma história sempre volta nos cruéis silêncios zumbidos dos aparelhos e sensores. Às vezes como um sussurro, às vezes como um berro. Em uma das incursões lideradas por Lúcio nos arquivos arqueológicos do conhecimento da humanidade, ao lado de Abelha e latas e latas de álcool e sódio, descobriram o estranho caso de Nasubi.

No entretenimento bárbaro pré-colonial, no começo do século XXI, houve um programa transmitido para todo o Japão, quando ainda era um país de onde vieram muitos dos videogames que o Lúcio tanto amava, e não a capital da União Oceânica. No tal conteúdo tinha um homem preso dentro de um pequeno quarto, privado de roupas e utensílios básicos para sobreviver. O desafio imposto a ele era que apenas ao escrever cartas e participar de concursos distribuídos em revistas (tudo em papel) ele poderia obter prêmios que seriam melhorias na sua vida, privada de todos os recursos. Ele aceita, acredita que terá fama e prosperidade se cumprir a tarefa.

Completamente pelado e sendo filmado para transmissão nacional ininterrupta, o tempo passa e ele ganha arroz, mas não tem como cozinhar; ele ganha uma bicicleta, sem poder pedalar no estreito espaço que possui; uma televisão, o jeito que assistiam a programas audiovisuais transmitidos por ondas de rádio antes do Omni e as versões de holofilmes, mas ela não se conecta a nenhuma rede e não mostra nenhum conteúdo. Todas as outras coisas que ganhava tinham a mesma crueldade embutida, pareciam mais um elemento da tortura do que uma conquista de fato.

Um homem magro, raquítico, e que faz de tudo para levar a humilhante situação na brincadeira, sorrindo e dançando e gesticulando, mas a realidade é que aos poucos algo se transformava dentro dele. Os produtores do conteúdo se regozijam com o sucesso, toda a população assistia semanalmente ao resumo dos acontecimentos enquanto outra parcela acompanhava ao vivo pela internet, a rede de informações da época, antes do Omni.

Enquanto é movido de um lugar para outro, recurso da produção para que ninguém descubra a sua localidade, Nasubi vai se tornando cada vez mais preparado para a incumbência de ganhar prêmios, mas menos para as interações sociais. O condicionamento é tão potente que em um episódio ele é levado para um quarto novo e, logo que é largado lá, tira a roupa sem hesitar e já se prepara para as instruções, mas as quatro paredes caem, revelando que ele estava no meio de um palco onde o público o aguardava ansioso para saudá-lo.

No fim ele passou quinze meses nessa situação. Depois de conquistar a tal fama prometida, Nasubi tinha dificuldades em manter uma conversa com alguém, se comunicava o mais rápido possível e preferia ser deixado quieto.

O isolamento e as instruções foram as mãos que manipularam o seu barro e o tempo de confinamento foi a queima da peça para concluir a sua transformação.

Nasubi relatou posteriormente que muitas vezes sorria e brincava para esconder a profunda dor e sofrimento que aquilo lhe causava.

Solitude IV

A música pulsa em seus intervalos regulares, mas, apesar de a Coração continuar captando a transmissão, Axel passa a ignorá-la.

Tum Tam-tum Tam-tummm

Depois dos primeiros dias em que mantinha a conta, checando a data e o horário mais vezes do que a música se repetia, com o passar do tempo isso perdeu o sentido.

Se foram horas, dias, semanas ou meses, já não faz diferença. Pois o espaço continua negro como piche e a nave continua parecendo não ir a lugar nenhum, apesar de os sensores indicarem que estão, sim, progredindo em direção a uma comunicação fantasmagórica mas presente. Eternamente presente.

Há entretenimento. Música, jogos, livros, tantos textos e áudios que absorve aos poucos, acumulando informação, combustível para mais pensamentos ainda que a emoção seja apenas interior.

Neste voo através do nada, a respiração torna-se ruidosa e sobrepõe-se até aos já muito silenciosos motores de voo de cruzeiro da Coração. Ela briga com um leve som de ventilar que dizem ser parecido com o de um feto dentro do útero durante a gestação. Sendo Axel alguém cultivado nas portas do Centro, e não em um ventre orgânico, especula que tipo de pessoa sairá após esse longo processo de formação quando nascer do outro lado desse túnel.

Enquanto reflete sobre os motivos que levam a vida a se expandir com tanto ímpeto ao ponto de subjugar outras manifestações delas mesmas, vê os biomecânicos insistindo em sua missão, naves de carne e máquina explodindo enquanto outras surgem em seus lugares, sem parar para velar os fracassos, forçando-se por entre os destroços para ressurgir e manter-se no curso. Axel prefere não os Blues ou melodias de violão, mas o silêncio. Com tanto barulho em sua cabeça, não há por que se distrair com as marcações que a música faz no tempo.

As luzes dos sensores são mínimas, pequenos ícones e números espalhados no cockpit sem iluminação fazem com que se tornem apenas mais ruídos sobre a escuridão que o vácuo impõe. Dentro ou fora da nave não é diferente. Aquecido, alimentado e mantido pelo sistema, Axel se alterna entre sonos de vida e uma vigília de vazia contemplação. Um ciclo repetido tantas vezes até que perde a conta, aguardando o momento em que a Coração venha alertá-lo, com relatórios de suas análises, de que enfim se aproxima do próximo objetivo da missão.

Campo de força

Há quantos anos Axel não tomava um voo coletivo?

Em um mundo como Eden, servido por veículos voadores particulares, com viagens aéreas acessíveis e com tão pouco da geografia invadida pela presença humana, a vida se concentrava em Capital e nos poucos quilômetros em sua volta. Demoraria algumas gerações até que a proliferação exigisse mais espaço e recursos da nova casa desse pedaço da humanidade.

A última vez que esteve em um voo coletivo foi quando um ônibus aéreo do Centro de Criação os levou para uma excursão a uma área recém-inaugurada pelos cientistas, estando certos de que a fauna e flora do local, visíveis ou não a olho nu, não seriam hostis para os novos habitantes do planeta. Era um enorme e agradável campo onde havia chalés para uma temporada de tranquilidade, um turismo de caminhadas e trilhas que se fazia de exploração, mas que no fundo era bem controlado e seguro. Depois de as elites edenianas enjoarem, passou a ser um destino constante nas excursões do Centro de Criação para mostrar aos cultivados as maravilhas do conhecimento da espécie terrana.

Foi ali que Axel acordou depois de horas de viagem em um veículo cheio de crianças inquietas para brincar no que parecia uma imensidão infindável de grama, terra e barrancos escoltados pelos pais e mães certificados.

Agora ele desperta de um sonho inquieto com o gentil chamado da Coração.

Acordar em outro lugar, sem ter dirigido para chegar até lá, é a sensação que o preenche. Como se fosse uma criança viajando com os responsáveis.

Sonhava com um passeio com Meadara, que ficava procurando por Opção sem nunca encontrá-la. A moça reclamava, gritava alto, e ia na frente para que Axel a seguisse e tentasse, em vão, acalmá-la.

A cachorrinha sumiu e não voltaria.

Quando Axel acorda, a frase que mais odiava ouvir de Meadara vem à mente:

– Eu ainda não superei a morte da Opção.

Axel se senta e olha para o lado de fora do cockpit, e não vê o apêndice orgânico, envolvido pelo brilhante campo de força, o acompanhando.

Mas isso não lhe magoa mais. Só a visão de quando a frágil cachorra tentou se erguer após receber a injeção letal.

– Um café, por favor.

A injeção de cafeína ajuda a ligar a cabeça para participar da atividade que a nave lhe pede.

– Nossa, é o planeta de origem mesmo? – Axel se endireita e a cadeira se reclina automaticamente para a posição de operação.

Tum tam tummm. Tam-tummm, a música é bem forte e clara, sem chiados.

O relatório da Coração diz que esta é a iteração quarenta e dois desde que partiu de Eden na Operação Salamandra. Quarenta e duas mortes que nada mais eram do que a momentânea escuridão e o subsequente ressurgir em fuga no meio das impressoras inimigas. Uma vez a escapada da estação de surgimento biomecânica falhou e teve que ser reimpresso quase que minutos depois. Não que fizesse diferença.

E então eis o planeta da Mãe-cérebro.

O piloto respira fundo e solta o ar devagar. Fecha os olhos buscando a concentração no invisível.

– Atenção, presença detectada.

– São defesas planetárias?

– Negativo. É uma nave... Carregando.

– Fala logo, desgraça.

Coração passa mais alguns segundos processando informações, como se quisesse ter certeza de que estaria passando as coisas sem nenhum erro.

A barriga de Axel tem os calafrios instantes antes e também depois de ouvir a mensagem.

– Confirmada a assinatura. É uma nave Coração. Codinome Raposa 2 do esquadrão Raposas Estelares.

◆

– Abelha?

A nave familiar flutua devagar pelo visor ampliado que mostra o que está muito adiante, baixando a força dos propulsores traseiros, e então quase para ao acionar os de manobra que ficam na dianteira.

Axel respira fundo e ignora os indicadores de suporte de vida que mostram a sua pressão arterial e batimentos cardíacos aumentando.

– Abrir as frequências de comunicação.

– Confirmado, já estão abertas – diz a Coração.

– Por que não responde? Responda, maldição. – Então fala com a voz mais enfática e alta. – Abelha, sou eu, Axel!

Ainda o silêncio, como em tantas vezes que quis contatar Meadara pelo Omni, vendo o seu estado online pelo aplicativo dentro do seu campo de visão, e se esforçava para reprimir a vontade.

Mas não era ela. Era o seu melhor amigo, o seu irmão de diferente mãe, se é que se poderia descrever um cultivado assim. Viveram toda a vida em Eden juntos.

Axel acelera a sua nave e segue na direção do Raposa 2, a identificação do caça edeniano confirmada pelo computador de bordo. Quando ela cresce no visor, Axel não tem dúvidas de que é uma nave Coração como a sua, um outro piloto conseguiu completar a infindável viagem e está diante dele prestes a orbitar o planeta de origem, a morada da Mãe-cérebro dos biomecânicos.

◆

– O milagre da vida é informação? – diz Meadara na chamada com o comandante Gládio, no briefing da Operação Salamandra.

– Mas e as nossas almas, que heresia é essa? – diz Dário, descruzando os braços.

– Não existem almas, pensei que a humanidade já tinha deixado seus amigos imaginários na Terra – diz Abelha.

– Isso é para você, seu cultivado de merda. – O sempre tranquilo Dário gesticula e veias saltam na testa de seu rosto vermelho e exasperado. – A própria existência de gente de proveta como você é a prova de que fomos longe demais. O que enfrentamos é uma punição divina.

– Chega! – diz Gládio. A discussão nunca foi religiosa aqui. Respeito as crenças individuais e não me interessa o que cada um sente em sua fé. Isso é pessoal, subjetivo. O que estamos fazendo aqui é lutando com as armas da ciência contra uma situação que nos foi apresentada. Sejam os deuses ou um único deus ou apenas o caos da existência, estamos encurralados e precisamos contra-atacar. Se não fizermos nada, Eden será apenas o primeiro dos mundos humanos que será assimilado pelos biomecânicos.

◆

– Você acha que o Dário estava errado? – vem a transmissão com um leve chiado no fundo.

– Abelha? Você está bem? Me deixe saber como você está! – Axel grita e fica insistindo no acesso aos dados de suporte de vida do amigo. A Raposa 2 libera e Axel expira, soltando o ar e olhando para o teto, ao ver que a saúde do seu irmão de espírito está estável e ótima, apenas alguns índices mostram que também está emocionado como ele próprio.

– Porta que pariu, que bom que você está bem, cara.

– Me responda – Abelha faz uma voz de durão, contendo o que quer que esteja sentindo.

– Responder o quê? Como é bom poder falar com alguém. Desculpa, Coração.

– Nenhuma ofensa registrada – diz a nave.

– Que saudades, mano – Axel não segura as lágrimas que começam a escorrer de repente.

– Estou feliz de te ver, senhor herói. Eu admito. Mas me responda sobre o que falei do Dário.

– Dário? Cara, Dário se foi. Ele se destruiu antes da primeira transmissão, lembra?

– Sim, é claro que lembro. Mas tô falando daquele papo no briefing da Operação Salamandra.

– Foi tanta coisa, meu.

– Aquele papo de alma. De que fomos longe demais.

– Abelha, sério que está falando disso? Estamos diante da Mãe-cérebro, é a fase final dessa porra de viagem infinita.

– Me responda! – Abelha grita e Axel se assusta, prendendo a respiração.

Axel se lembra de como Dário respondeu estranho durante o início da surtida, de como agia de forma displicente e desanimada enquanto tentavam furar o bloqueio do campo de asteroides. Mas também de como foi um alívio ver que Gládio estava ao lado deles mesmo após a morte do companheiro.

– Eu posso ser sincero? – diz o Líder Raposa.

– É tudo o que eu te peço.

– Fiquei tão feliz de ver Gládio se unindo a nós que eu mal me importei com a morte de Dário.

– Corajoso me dizer isso mesmo, sabendo que eu tenho muitos dos seus pensamentos agora.

Axel para de falar e fecha os olhos, buscando nas memórias adquiridas algo que seja distinguível. Não consegue acessar a cabeça de Abelha.

– E é louco – Abelha continua – saber que não consegue acessar meus pensamentos, né? Nunca consegui vasculhar toda a sua cabeça. Só tive umas visões, lembranças que surgem desavisadas. É por isso que tenho pensado muito nele. Em Dário.

– O que você tem pensado? – Axel diz já esperando a resposta.

– Que talvez tenhamos mesmo uma alma.

As duas naves pairam, movidas pelos caprichos da inércia um pouquinho de cada vez pelo mar de piche.

– E essa alma, essa individualidade, foi violada por essa tecnologia desgraçada. O que te faz você e o que te faz eu agora nunca mais será igual, fomos fodidos pelas impressões em cada renascimento.

– Eu não consigo ver dessa forma.

– Como não?

– Para mim ter podido vislumbrar uma memória que não fosse minha. Sei lá, ver um pouco de você, do Gládio... até da Meadara. Isso só me faz sentir mais unido, me ajudou a suportar a solidão por tanto tempo. Porra, eu tô tão alegre de estar perto de você de novo, cara. Se a gente parar e se acoplar poderia até se abraçar com nossa própria carne – e Axel não segura mais as lágrimas que saem.

Abelha fica em silêncio e, após alguns instantes ouvindo a fungada do líder, diz:

– Essa carne defeituosa.

– Para—

– Cala a boca. Agora vai me escutar, senhor herói. Eu sempre senti isso, mas eu negava, tentava acreditar em outra coisa, não era possível. – Axel tem um frio na barriga ao ouvir isso, como se pudesse prever o que virá a seguir. – Eu nunca fui o bastante. Para ela. Para Meadara. E essa coisa toda que nos uniu e que te ajudou tanto, deve ter sido ótima mesmo. Porque aí você percebeu como ela nunca deixou de pensar em você.

– Atenção, trava de mira detectada – diz Coração, e em seguida os dados de suporte de vida do Raposa 2 desaparecem da tela.

– Abelha, o que está fazendo?

– Ela nunca deixou de pensar em você! Foram esses pensamentos que encontrei nesse universo de vazio, é esse tipo de coisa que veio parar na minha mente ao ser reimpresso. E por meses, cara. Sei lá quantas vezes tive que ver episódios de vocês dois. Porra. – Abelha solta um urro que faz com que Axel soluce e chore. – Ah, Que se foda – e a Coração de Abelha dispara e se torce, descrevendo um longo arco para vir em posição de combate contra o Líder Raposa. Este recua por reflexo, os olhos arregalados.

◆

Debaixo do chuveiro, naquela noite de comemoração, o bêbado Abelha diz, tentando evitar o giro da cabeça que aparece toda vez que fecha os olhos:

– Aquela mina é muito gata, né.

– Quem?

– Ah, você sabe, a Meadara.

– A morena que era loira.

– É.

Axel está sentado do lado de fora do chuveiro, já sem camisa e se enxugando com uma toalha de rosto.

– Não posso usar sua toalha mesmo?

– Não, sai fora – o jato de água forte massageia a cabeça zonza de Abelha.

– Trouxão.

– Ela tava olhando um monte pra você.

– A morena loira?

– É.

– Que seja. Tô de boa.

– Tá nada que eu sei.

– Você tá na dela, né? Fica tranquilo, Abelha. Não disputo romance com ninguém, principalmente você que é meu irmão.

– Sei.

◆

A propulsão aumenta e Axel cola as costas no assento do cockpit, que o envolve como um bebê protegido do frio. Coração continua gritando o alerta de trava de mira, os sensores de aproximação em silêncio antes de começarem a orquestra que antecede o choque.

– Eu esperei por tanto tempo para ter ela nos meus braços – a voz irritante de Abelha chega pelo rádio. – Você nunca soube do que ela precisava.

– Se vai ficar falando merda, manda tudo o que tem e me faz o favor de acabar comigo – Axel diz entre os dentes.

– Não! Vai ter que ouvir, senhor herói!

Axel olha para o lado e não vê Opção flutuando ágil para acompanhá-lo. Surfando a órbita do planeta Mãe-cérebro, confere o combustível e a munição para suportar a investida do velho amigo.

– Eu não preciso te ouvir, seu idiota, eu já sei muito do que você pensa. Somos a mesma coisa.

– Ah, vai querer filosofar agora? Sabe, a presença dos biomecânicos é incrível – diz Abelha enquanto cospe uma saraivada que rasga pedaços da fuselagem orgânica da Coração de Axel. – Essa viagem acabou com um monte de dúvidas para mim. Eu sempre vou ser um substituto, uma cópia de impressora, alguém que não é ninguém especial. Que merda, até o meu irmão era igual a mim.

Você que é o especial, alguém que pode fazer o impossível. Você é o herói dessa merda.

Axel olha para a própria mão, as falhas de impressão misturando a luva protetora a retalhos de sua pele, padrões involuntários da aleatoriedade que os buracos da transmissão geraram.

O que eu sou se não um acidente?

– E pensar que você sempre se viu como um acidente – diz Abelha.

– Por acaso consegue ler meus pensamentos agora?

– É disso que estou falando, senhor herói. Hoje sei o que é estar no coração de Gládio, no de Meadara, até no do idiota do Dário, ainda que ele não tenha se transmitido, o cabeção achava mesmo que alguma coisa divina está acima de tudo. Pude ver um pouco de todos os companheiros que partiram conosco. Essa civilização biomecânica bizarra não tem individualidade e transmite sua vontade como uma coisa só. Só que eu e você já morremos, somos apenas cópias impressas por seus equipamentos...

– ...somos uma junção de todas as coisas que trouxemos de Eden – completa Axel.

Nossas almas se misturaram.

– Não existe esse negócio de alma, já falamos disso. Somos apenas informação, é o que o Gládio disse – Abelha espreme o dedo no comando do manche e fere novamente Axel.

– Isso tudo que você está dizendo só torna a nossa luta ainda mais idiota. Estamos de frente para a origem, não está ouvindo a música?

Tuuuum Tam-tummm tam-tumm

– Eu não me importo! – Abelha grita, Axel franze a testa com o barulho recebido. – Se eu não sou mais o Abelha, se não sou mais o irmão que sobreviveu entre os gêmeos, também não sou um pedaço dos biomecânicos. Ainda resta um mínimo de vontade própria em mim.

– Abelha. Vamos lutar juntos. Já vivemos tempo demais para persistir nisso.

– Você está errado, senhor herói. Eu estou morto. Assim como você também está. A partir do momento que ressurgi e as memórias e medos de outros foram impressos em mim, soube que já não existia como havia existido. Só que eu nunca mais serei eu mesmo. Agora já carrego essa vontade edeniana, essa desgraça que me corrompeu, essa Doença que me arrancou a individualidade.

Axel suspira e vê o último pulso de Opção antes de mergulhar no núcleo dos Intestinos. O brilho em sua volta, aquele campo expandido de energia.

– Nós aceitamos abrir mão de nossas vidas quando abraçamos a Operação Salamandra – o Líder diz, uma nova lágrima escorre sobre uma rachadura de falha de impressão. – Gládio esteve conosco até onde suportou. Seu corpo já estava destruído desde antes de partirmos.

– Pois eu rejeito esses sacrifícios se é para abrir mão da minha individualidade. Se é para ser avassalada por uma vontade coletiva, então o universo já decidiu. A raça humana não deve persistir. – Abelha dispara o míssil que travou por tanto tempo.

Baixando o nariz da Coração, Axel se sente quase tocando o ponto de entrada do planeta Mãe-cérebro. Os bipes ritmados cada vez mais rápido avisam do impacto iminente.

– Morra, Axel! Morra! E não volte mais!

Axel puxa o manche com a mão direita, quase o arrancando, na sua direção, a propulsão forte na parte de baixo da Coração o joga para cima. Ao enxergar o míssil de Abelha entrando na atmosfera do planeta e explodindo incendiado, aproveita que a nave do amigo está abaixo de si e desce com tudo, chocando-se sobre ele e o abraçando com suas tenazes, empurrando-o para a entrada como se fossem um meteoro para romper a película que os separa da atmosfera.

– Coração, acionar agora! – Axel espera que o dispositivo que Opção lhe deixou funcione e prende a respiração até ouvir o retorno do computador.

– Campo de Força ativado.

Os braços tremem e o calor em volta das duas naves rodeadas por energia é palpável, mesmo através da fuselagem e vedações. Axel mantém a direção e aguenta o tranco cada vez maior, estranhando o silêncio de Abelha, sua nave resignada com o destino recebido.

– Meadara dizia que você gostava de ficar sozinho.

– O quê? Fica quieto e se concentra, não sei quanto tempo esse negócio vai aguentar.

– Eu nunca quis. – Abelha lembra de Lúcio sorrindo, dele segurando o boneco azul na brincadeira com as Abelhas Gêmeas. Jogando o velho videogame de navinhas.

– Abelha, falta pouco. Concentre-se e vamos completar a nossa missão.

– Mesmo no fim ela nunca parou de falar em você. Adeus.

Axel sente tudo sacudir e vê Abelha disparar de baixo de si, a tenaz direita de sua Coração arrancada, a nave do amigo saindo em velocidade máxima, atravessando o campo de força e se incinerando instantaneamente do lado de fora. Aperta os lábios ao vê-lo se desintegrar. Junto com os alertas da Coração, pensa um último pensamento com aquele espírito que agora desapareceu, dissolvida a sua matéria.

O Campo de Força se estoura com a explosão de um pedaço da fuselagem logo após a trepidação cessar.

– Campo de força desativado.

As nuvens espessas são atravessadas em silêncio, Axel lembrando-se de Abelha e seu irmão Lúcio correndo juntos pelo quintal do Centro de Criação sob o sorriso das mães.

Origem

Coração se cura como pode, fechando as feridas com os pequenos impressores que carrega. Axel pede um Blues e recebe uma gravação chiada dos inventores do estilo, de quando a Terra não tinha sido condenada pela ação humana.

Queria um cigarro mesmo não sendo fumante. Abelha riria.

Seria a sua presença nas memórias de Axel ou saudades do amigo destruído?

Após minutos e minutos dentro das nuvens amareladas e róseas,

Coração entrega o visual do planeta de onde vem a música tocada há tanto tempo que Axel já nem nota mais. A transmissão da vontade.

Tuuuum Tam-tummm tam-tumm

A capital biomecânica é exatamente o que o nome infantil dado pelos humanos propõe: um mundo vivo que emprega construtos e órgãos executando suas respectivas funções. Irradiando sua vida pelo universo, espalhando-se, contaminando e consumindo tudo o que encontra. Como nós.

O edeniano escaneia a superfície tentando enxergar algum padrão que o direcione ao objetivo, mas a música cada vez mais clara e cristalina é a sua melhor aposta. Sobrevoa de longe, bem do alto, checando um retorno em tempo real no canto da visão vindo de uma das câmeras inferiores. O mundo onde mora a Mãe-cérebro é dominado por estruturas artificiais, como se não houvesse montanhas ou água que não estejam integradas ao monstro que respira e existe pulsando sua vontade sem parar.

Tumores que se estendem em volta de esqueletos de metais deglutidos do planeta, rasgados em aberturas dentadas com tecidos pulsantes. Tantas bocas e apêndices, como filhotes insaciáveis que exigem mais e mais alimento sem nunca parar.

Ruas de ossos e frisos por onde correm artérias do tamanho de prédios humanos transportando os fluidos de um sistema que chora eternamente, um bebê nunca satisfeito.

Seres voadores carregam suas existências em formações organizadas e monótonas. Terrestres caminham e rolam e arrastam seus invólucros em meio aos mucos e trilhos sem interesse no invasor. Pois não é sua função.

Axel começa a entender que no caos das curvas e pulsações da abominação há uma direção, algo que exige e controla os seus fluxos, e é para lá que tenta seguir.

Algum pedaço de Meadara se enoja com a visão da cidade biomecânica. Não por sua semelhança brutal com nossas próprias, mas pelas pesquisas feitas para entender o fim anunciado de sua mãe, a vida dentro de uma vida desesperada para persistir, uma bola de inchaços e dentes e cabelos, teratoma devorador que lhe sugava a carne ansioso para que não restasse nada. Até o êxito.

O Blues rolando no fundo, Axel inspira o ar e solta com a lembrança herdada. Então um tranco seguido de outro e mais outro antecede a reclamação da Coração.

– Aviso, corpos externos em contato.

– Resolveram prestar atenção em mim? Eles estão grudando na gente? – Axel olha pelas câmeras e há vários bichos daqueles voadores com ventosas se acoplando em sequência, aumentando o peso da nave e tentando corroer sua fuselagem. – Preparar vulcão circular.

– Entendido.

Coração jorra projéteis para os dois lados de seu corpo, espatifando os bichos vampiros, a tenaz que ainda funciona se alterna entre colher matéria e puxar e arrancar os monstros fora do alcance dos tiros, mas o alerta de peso e instabilidade começa a ficar mais forte do que a esperança de escapar dessa.

– Puta merda, que morte ridícula que será essa. – Axel solta um muxoxo e passa os olhos pelos sensores dentro da sua visão e fora. – Não consegue fazer a outra tenaz que perdemos?

– Não no meio de combate.

O apito de aviso e a altitude caindo rápido fazem com que Axel odeie a falta da pata direita. Pensa em Opção. A esquerda se mantém diligente arrancando os sugadores enquanto agora mais deles se acoplam na frente do cockpit, tirando-lhe a visão natural, e no nariz da Coração, provocando um mergulho para o abraço do mundo.

– Campo de força?

– Negativo. Baterias em 3%, energia do sol deste sistema fraca pelas nuvens. Tempo estimado para recarg...

– Bomba? Laser? Alguma ideia?

– Negativo. Compartimento de bombas obstr...

– Ai, cacete.

Dentro de si, um pedaço de Gládio não se abala e respira fundo. Pois ao analisar os sensores, Axel vê que o peso está diminuindo e que o aviso de "puxar para cima" pela altitude perdida vai poder ser respeitado.

– Tem razão, mestre Gládio.

Axel puxa o manche com força, sente a gravidade remexendo seu interior e até se regozija com a sensação, uma das melhores que os simuladores não invasivos nunca dão.

O peso diminui enquanto o altímetro sobe até ambos se estabilizarem.

– Corpos estranhos ausentes. Colhendo matéria – diz Coração.

– Porta que pariu. Pega o máximo que conseguir.

Enquanto a nave trabalha, Axel checa os sensores como se a informação pudesse mantê-lo em paz. Bateria em recarga, cura de fuselagem, combustível em processamento, reimpressão de munição. Um pedaço de Abelha se impacienta.

Diante da visão restaurada, os padrões de carne e metal convergem ao que parece ser um monte mais baixo entre duas cordilheiras cilíndricas de carne e máquina arreganhadas para os lados.

Sugadores voam pelas laterais e se enfileiram para serem abatidos, sem tentarem se desviar dos tiros que Axel desfere. Coração aproveita e colhe toda a matéria que sua única tenaz consegue.

– Estão se entregando para mim?

– Processando combustível a partir de matéri...

– Aproxime a câmera, quero ver para onde estou indo. Estão me direcionando.

Coração mostra que muito à frente há uma enorme boca vertical que se abre devagar, aguardando que o invasor a atravesse. Afastando os seus dentes, descolando as camadas de lábios, convidando-o para dentro.

Individualidade

Após os ataques cessarem, Axel flutua com os propulsores planadores por uma área em que o calor diminui, como se própria para acolher quem quer que a adentrasse. As leituras do exterior indicam cerca de 37° Celsius, mas a temperatura dentro do receptáculo da Coração é agradável, climatizada. Mesmo para os braços reimpressos e cheios de imperfeições de Axel, como nos lugares em que os tecidos das roupas se misturam às da pele humana, é um espaço de conforto que protege os pilotos de tudo o que está em volta.

No final da caverna enrugada e pulsante há uma protuberância grande, um inchaço projetado, liso, com um pequeno orifício no meio. Não há partes mecânicas misturadas às orgânicas no entorno.

Axel vê a memória de Gládio, o relicário na mão, a foto da família que nunca teve, mas cujo afeto o preenche. Assustadora tecnologia dos biomecânicos.

Aproxima-se do buraco, grande o bastante para que a Coração o penetre, e, ignorando os avisos de colisão que apitam por todos os lados, o piloto deixa que todo o entorno envolva a sua nave e aciona a flutuação antigravitacional.

A música parou. Aqui não a ouve mais.

Estica a tenaz esquerda, reconstruída, para apoiar e a direita perfura a carne adiante o mais fundo que alcança, como se fossem seringas que trazem o remédio que ninguém sabe se dará certo, mas que deve administrar.

Qual a carta humana para essa vida inexorável que se expande por toda a parte do universo? Um pedido de socorro, um acordo de paz, uma súplica para que não se ressintam de nossa infantil vontade em querer persistir infectando onde alcançamos com nossos braços e pernas artificiais. Estamos pedindo a eles que nos deixem ser como eles são. Só queremos continuar.

E da mesma forma que a expansão biomecânica nos ensinou a imprimir a vida perfeita, com todas as suas falhas e acasos, a vacina humana que Axel aplica até o fim do êmbolo no útero da Mãe-cérebro contém tudo o que pudemos concentrar de nossa essência, carregada em pequenas máquinas rudimentares, para dizer a eles o que somos.

Depois de tantas transmissões cruzadas e o legado que os dados copiados trouxeram, não há como saber se a Mãe-cérebro verá Opção se coçando em um canto, jogada em almofadas, ou se esse impulso maciço de vida pode entender o entusiasmo de Abelha e Axel abraçados enchendo a cara de álcool. Se na superfície da epiderme dela teria prazer com o toque do sol que a atinja como Meadara apreciava a luz do dia dos invernos. Ou as lambidas do frio, quando Gládio se abraçava cruzando os braços na brisa das colinas, olhando as pás eólicas rodopiando e capturando a força dos ventos.

Axel dá a eles tudo o que conseguiu trazer após tantos meses. E se em todo esse tempo se sentiu solitário e intimidado por lembranças que carregava no seu único cérebro reimpresso muitas vezes, quando reviu as imagens que nunca tinha vivido e que agora fazem parte da sua estranha e múltipla existência, sente o espasmo da respiração causada por um choro enforcado.

Mas então o túnel se expande e fecha-se à sua volta. Coração dispara os alertas de ataque, não há como escapar, está embalado e encapsulado dentro de uma forma de vida enorme que, se quiser, vai espremê-lo até que vire suco.

De olhos fechados e aquecido nesse derradeiro útero, após cumprir a missão, se morrer talvez possa somente surgir mais uma vez e retornar. Porém este Axel só está vivo agora e não pretende doar a existência de sua iteração para um fim sem luta. Se foi ele quem chegou até aqui, não se conforma com o cessar e abraçar a escuridão. Escolhe mentalmente o vulcão circular e espremerá o gatilho no manche. Que atinja o que quiser, o radar está convencido que não há mesmo como escaparem desse receptáculo de morte, um enterro melancólico que o tornará um natimorto da Mãe-cérebro.

"Não", algo diz, talvez porque sabe que Axel já destrava os macromísseis com que se explodiria dentro do canal que o esmaga.

O monstro o expele como um estorvo. Coração até tenta se estabilizar com seus sistemas de propulsão de emergência, mas acaba chocando a sua parte superior nas paredes que convulsionam. Seu cockpit fica amassado e distorcido, o sistema de autorreparo usa as tenazes para tentar remodelá-lo o melhor que pode em movimento.

– Cacete! – Axel sente o cheiro forte e que lhe arde o nariz que entra pelos rasgos da sua cabine. Esfrega os olhos com os dedos para retomar o foco e os suja com o sangue de um corte que se abriu ao bater a cabeça nas ferragens que a nave tenta arrumar. – Não entendeu a mensagem, monstro? Então que se foda! – Com a pressão dos dedos jorra rajadas de plasma que atingem a saliência, causando uma explosão de muco e líquidos que mancham as paredes, abrindo feridas que revelam partes mecânicas sob os tecidos pulsantes.

A Mãe-cérebro grita dentro da cabeça de Axel, que pisca o olho direito coberto de sangue do corte aberto na testa. O capacete está trincado, mas o piloto se intoxicou pouco da atmosfera dentro da rainha alienígena. Coração já selou o buraco da fuselagem.

Os indicadores do sistema de suporte de vida indicam que há bactérias ou presenças estranhas no corpo do humano, mas que ainda não desencadearam uma infecção perigosa.

Sem comunicação compreensiva, Axel vê nos espasmos em sua volta e o tremor do útero que o plano dos edenianos talvez tenha afetado os biomecânicos.

– Vamos injetar um pedaço de nossa alma neles – disse Gládio no final do briefing da Operação Salamandra, muitos meses atrás. – Com esta tecnologia tão incrível que possa transmitir as consciências e reimprimi-las a distância, talvez possamos estabelecer uma comunicação entre nossas espécies e, desta forma, encontrar um consenso que não nos leve à agressão mútua.

Naquele momento Axel apenas sentiu um frio na barriga, algo naquela declaração e plano era tão absurdo e desesperado que fez com que sentisse dor pela falência da humanidade em se defender do externo. Hoje leva a cabo a última investida, um apelo ao entendimento, uma comunhão, um pacto de não agressão com essa força pulsante, contínua, sem individualidade. Por que a nossa raça, tão solitária por tanto tempo no espaço, ainda acredita que só no aceno ao outro haverá chance de paz? A realização é no âmbito pessoal, privado, não quando temos que deixar de sermos nós mesmos para nos unir aos outros.

Coração reúne toda a matéria que consegue das superfícies da parede e fecha, solda e imprime novos pedaços para si. Uma mensagem no campo de visão de Axel indica o final das suturas e, por um instante, o piloto entende o seu veículo implorar para que fujam dali o mais rápido o possível.

Axel dispara as propulsões e torce os flaps para se virar e voltar pelo túnel do longo útero. As paredes em volta pingam o sangue ácido sem parar, a Mãe-cérebro reclama do abandono e, enquanto o caça dos humanos engasga na fuga, alguma falha de combustível ou dos motores, a abominação biomecânica rompe o fim do túnel e molda uma representação de seu ser. Dois brilhos ovalados e compridos surgem como olhos incandescentes no meio da gelatinosa forma transparente que se estica rápido, desprendendo-se de suas estruturas como se arrancasse a cobertura de feridas, deixando buracos que vazam o fluxo de nutrição que não se completa até ela.

"Somos um", algo diz, a Mãe-cérebro?, e Axel entende.

O coração de dentro do peito do piloto dispara enquanto o caça se desvia das defesas que insistem que ele se torne parte da matéria a ser eternamente gestada pela inimiga. As câmeras trasciras mostram-na em enormes passos que seus tentáculos de tendões transparentes impulsionam, o centro da Mãe-cérebro em uma expressão imutável, ressentida, que não aceita que este inseto ousado a tenha fecundado com qualquer doença e ainda tente fugir.

– Não somos um. Somos indivíduos – diz Axel.

As risadas internas de Meadara quando ouvia o gozo de sua esposa, a visão inexistente de um sono de imersão nas portas que um dia a fariam nascer no Centro de Criação como uma cultivada.

Abelha penetrando Axel enquanto Opção se incomodava e se reposicionava na borda da cama.

Gládio usando sua pata protética para jogar videogames velhos que os novos humanos não entendem como funcionam.

As imagens de tantas vidas vividas que Axel poderia carregar em sua consciência se lhe tivessem sido transmitidas através do espaço.

Uma membrana massiva se fecha como cortina, e os armamentos da Coração não podem feri-la. O piloto faz um giro de 180 graus para encarar a adversária, que vibra ódio em gritos guturais dentro de sua mente.

"Pensa que é o primeiro que tentou?", ela diz, enquanto arranca de dentro dos inchaços da própria mucosa uma, duas, três versões da nave Coração de Axel, atiradas em sua direção como pedaços de lixo. Axel prende a respiração, digerindo a ideia de tentas tentativas que ele mesmo fez e nem imaginava, e desvia por instinto, as naves destroçadas e parcialmente consumidas passam ao seu lado como fantasmas de derrotas que nunca sofreu. Dividindo sua atenção por câmeras auxiliares que lhe mostram o entorno, vê seus clones chocarem-se imóveis, cadáveres inanimados, impressões de tentativas anteriores de fecundar a monstra. A compreensão de que não passa de uma informação repetida que insiste em ir adiante, irradiada pelo infinito, transformada em matéria organizada por uma hábil máquina tecedora desse império do eterno retorno, bate nesse Axel que se identifica assim, com esse nome e forma, por teimosia, já que a mistura de suas sinapses e experiências com as de seus companheiros astronautas é uma falha de sistema. Uma simples representação da vida que apenas quer seguir adiante. Por ser essa a sua natureza.

A Mãe-cérebro enfia o tentáculo em um dos seus irmãos esvaziados e o traz de volta à ação. Axel vê a si mesmo levantando voo dentro de um Coração doente, trôpego e inconformado por ter sido trazido de volta à existência, e desvia-se da investida rápida e destrutiva, deixando para as paredes do monstro o ataque sofrido. Apertando o manche com raiva, o maxilar tenso e mordendo nada, Axel explode com outro de si antes que consiga levantar para a luta. O terceiro está travado no sistema de mira e é perseguido com um rasante por entre os pedaços diáfanos do corpo da Mãe. A rajada do vulcão circular se fecha na fuselagem do inimigo e a rasga, sua carne se projeta na direção da Coração ainda funcional que a recolhe com suas tenazes e trabalha rápido para colher toda a matéria útil da presa canibalizada.

"Não há fuga. Será parte de mim", diz a Mãe-cérebro.

O primeiro clone dispara a propulsão e alcança Axel, que torce a nave e usa a inversão total ao notá-lo chegando, pondo-se na traseira do humano cadáver por poucos instantes. O falso Axel não deixa por menos e, com um pequeno impulso de baixo, aumenta a altitude e vira de barriga para o teto, posicionando-se acima do edeniano para agarrá-lo com suas moribundas tenazes.

Axel olha para cima e vê a si mesmo morto, despedaçado, mas ainda engajando. A sua contraparte não o encara, apenas executa com eficiência cada manobra de combate. Em seu abraço indesejado, força a direção para que se voltem na direção da carne disforme e translúcida da Mãe.

“Voltem para mim”.

Coração tenta, mas a sua propulsão é tão boa quanto a da sua versão dominada, e as duas naves se dirigem para a enorme boca que se abre no meio da gelatina, revelando o núcleo vermelho pulsante da entidade.

É o núcleo dela, preciso atirar, pensa Axel, mas seu Coração não obedece mais aos comandos. As tenazes de seu outro eu estão enfiadas fundo e transmitem a vontade do útero.

“Venha para dentro de mim”.

◆

O cheiro dela é inconfundível. Axel desgruda o nariz do pescoço exposto de Meadara mas afunda de novo, sente-a através do doce perfume.

A Meadara que se perdeu pelo espaço sempre tinha Axel em seus pensamentos. Ele sabe porque em cada retorno trouxe um pouco de cada um deles.

– Eu não sou mais a pessoa que se relacionou com você – diz ela em uma dessas fantasias. Palavras que não puderam ser ditas, uma despedida impossível em nome de fazer aquilo que precisavam. As hélices lá no alto giram devagar, mas o vento aqui embaixo é frio, as roupas eram para um dia quente.

– Sei disso.

– Me desculpe por ser tão difícil. É muita coisa que a gente carrega.

– Agora é o fim, Meadara.

– Da gente?

– Não. Da missão.

Axel raspa a ponta dos dedos pela parte de baixo do braço de Meadara. A pele que não recebeu desenhos é aveludada e fina. Ele se desvencilha dela devagar e se aproxima do parapeito do mirante.

– Acho que agora a gente sabe viver sozinho.

– Se a gente soubesse antes, talvez pudesse ter feito melhor juntos.

– Paciência – Axel dá de ombros e sorri.

– Sinto falta das coisas que irritavam. Sinto falta da Opção – Meadara também sorri com os lábios colados, olhando para baixo.

– Eu estive com ela.

– Sério?

– Sim. Agora preciso ir se eu quiser voltar.

◆

Axel pensa em um cigarro. Deve ser Abelha dentro de mim, ele sorri com a lembrança. Talvez se eu falhar outro eu consiga vir até o fim.

Pisca os olhos devagar quando os comandos da Coração se desligam, as instruções entram em espera e a energia auxiliar é disparada. Flutuam um percurso de segundos que experimenta como se fossem horas.

Axel pensa em um Blues, mas talvez a sua versão do mundo maligno não concorde que seria a trilha sonora adequada para o fim.

O abraço dos filhos de Gládio é tão bom que ele não consegue segurar o último choro que sai. Esta seria uma boa última memória.

Bem, próximo Axel. Vou ter que deixar para você. Conto contigo.

"Somos um."

Axel fecha os olhos e se prepara para atingir o núcleo e fecundá-la não com sua alma, mas com sua própria carne desta vez.

A música entra no seu Omni com as notas puxadas pelo violão choroso de um Delta Blues. Axel abre os olhos e todas as luzes estão ligadas mais uma vez. O coração dispara no peito, mas a Coração ainda está carregando o sistema. O que diabos está acontecendo?

– Não somos um. Somos indivíduos – diz a sua própria voz com um leve chiado de rádio.

Axel olha para cima e, com um tranco, sente que o abraço do seu falso eu foi solto. O Axel do mal está olhando para cima e se encaram como se em um espelho, as formas feridas e desgrenhadas daquelas cópias se reconhecendo. E então seu clone se joga na direção dos tentáculos que mantêm a rainha em posição. Naqueles míseros segundos em que recobra a consciência, o Axel do bem vê o núcleo da Mãe-cérebro aberto à sua frente, convidativo, indefeso.

"Somos indivíduos", Axel pensa. – Mas não estamos sós – diz em voz alta, e espreme o manche, descarregando todos os macromísseis que ainda possui no arsenal.

As explosões dentro do centro desprotegido da Mãe-cérebro acontecem em cadeia, arremessando Axel para trás com a onda de choque. Coração se estabiliza usando os sistemas anticolisão e em segundo plano roda um diagnóstico de danos, enquanto em uma terceira tarefa fecha as feridas recebidas pelos destroços.

O piloto mal tem tempo para vislumbrar os tentáculos se soltando das altas paredes e o ser molenga vindo ao solo pela força da gravidade de seu próprio berço. O falso Axel já virou parte das chamas e se enterrou de vez nas secreções da rainha.

Sem tempo para despedidas, Coração dispara em piloto automático, como se fosse um cão que puxa o dono pela coleira em um passeio apressado. Axel solta o ar e balança a cabeça, inconformado com a lembrança fora de hora de Opção patinando pelos ladrilhos para chegar logo a uma graminha e se aliviar agachada.

– Temos ainda munição para fugir dessa merda de lugar? – ele pergunta, e Coração mostra que há pouca disponível, mas está fabricando algumas cargas de projéteis. – É o que tem pra hoje.

As paredes choram sangue e tremem em espasmos, formando curvas e obstáculos repentinos durante o voo, exigindo mais acrobacias do já esgotado piloto que as executa apenas por consideração à Coração, que quer tanto se ver livre dali. É assim que Axel se convence a não soltar os comandos e se espatifar de uma vez. Atravessar um toboágua sem poder tocar as paredes e tendo que lidar com suas transformações e mudanças de rotas repentinas, é exatamente como essa fuga desesperada parece. Só que Axel não consegue desviar o tempo inteiro e lacera a Coração uma, duas, seis vezes. A nave sangra e vaza, a propulsão grita insistindo para que não fiquem para trás e sejam deglutidos de uma vez por todas pelo útero final.

Uma horda de defensores surge e voa em formação. Pequenas torres mecânicas recompostas tomam posição e acompanham a nave de Axel com seus canhões apontados.

– Alerta de trava de mira. Alerta de trava de mira – reclama a Coração.

Porém não disparam.

– Por que não atacam?

A nave edeniana passa entre eles incontestada enquanto Axel segura a respiração, pois se soltar parece que vai perder alguma coisa do estranho espetáculo. O suave balé dos interceptadores inimigos abre caminho para os invasores. Abrem alas para os estranhos que ousaram ferir a Mãe. As torres baixam as armas e se guardam para outra ocasião.

– Será que...? – Axel confere as câmeras e informações que confirmam que não há ninguém tentando impedir a sua passagem. Começa a tocar *Solitary Man*, de Johnny Cash.

– Por que está tocando isso, Coração?

O túnel de carne chacoalha e Axel confirma que a Mãe-cérebro ainda não se deu por vencida, a canção rolando dentro da sua cabeça pelo Omni.

And the girl who'll stay and won't play games behind me

"Não pode ir. Somos um", uma voz gutural e vibrante ressoa cobrindo a canção.

Tentáculos fundidos com máquinas se prendem nas paredes e puxam a massa do núcleo decadente que ainda não se deu por vencido.

"Destruam-no. Ninguém nega a Vontade."

Mas os filhos não obedecem à rainha, apenas flutuam ou assistem à fuga desesperada da Coração que se desvia de ácidos e obstáculos formados pelas convulsões da carne.

O que quer que a alma egoísta dos humanos injetada com a ciência dos biomecânicos tenha feito, agora não há mais uma única mente.

I'll be what I am.

Não há mais uma única vontade.

A solitary man.

Pois uma forma de vida estranha os infectou com o poder de negar o coletivo e buscar atender algo que apenas cada um deles entenderia.

A solitary man.

A individualidade.

Um não eterno retorno

As mãos delicadas de um jovem Axel encaixam os troncos de argila sustentados por lápis, pedaços de madeira ou mesmo pedras colocadas em volta dos buracos. Agora estão firmes.

O tronco principal com suas bifurcações não é liso. Ele contém ranhuras, fragmentos de grama e pedrinhas que foram misturadas no meio da massa. É imperfeito.

Mas cada ramal que sai do seu corpo é sólido, resistente ao toque, marcado pelas impressões digitais e carícias que o formaram.

As unhas de Axel estão cheias de terra, sua pele morena está marcada pelo branco das manchas de argila seca.

Illis brilha forte, mas seu calor não o fere mais.

Está sozinho, mas se sente aquecido e o vento que move as pás eólicas é delicado à pele.

◆

Coletando matéria orgânica e minerais, Coração se dá por satisfeita e autoriza a tentativa de saída da atmosfera do planeta Mãe-cérebro.

O tremor do rompimento do ar com a força para arrancá-los daquele abraço que não lhes permitia a fuga finalmente cessa, e Axel se lança para o espaço.

Com a nave em percurso definido, envolto pela escuridão impassível do vácuo, solta o manche com a mão dolorida pelo esforço e então, depois de tanto tempo, tira a luva para olhar para a própria pele. Vira a palma e repara nos erros de impressão que a máquina cometeu. Como um brinquedo de qualidade duvidosa, a aparência não é a mais perfeita, há emendas esquisitas e coisas que nem parecem a anatomia humana. Mas ela funciona. Tem funcionado há muitos dias.

Põe as mãos no capacete e, prestes a apertar o botão do fecho, relaxa e volta a segurar o manche. Inspira fundo. Aquilo que experimentou com certeza o marcou e não importa se não é mais a mesma pessoa que saiu de Eden.

O caminho para casa é longo, não há mais música para guiá-lo.

Mas Coração deve ter os registros do voo, mesmo que tenha que remendar as tentativas e fracassos de tantos eus anteriores para entender por onde passou. Refazer os mesmos passos na esperança que o levem ao lar.

Axel terá meses de viagem pela frente. Pelo que notou na saída do planeta biomecânico e pelas reações dos poucos defensores que havia na órbita, agora reconhecem-no como um deles. Não será hostilizado.

Neste voo longo e sem pressa, será acompanhado apenas pelas memórias que herdou dos seus companheiros que falharam no intento. O sistema solar de Illis está salvo, Eden está salva. A paz será devolvida ao seu povo.

Em sua mente, Axel abre o relicário que viu tantas vezes nas mãos de Gládio. Mas dentro dele não há mais a família que tanto ama, e sim os rostos do esquadrão dos Raposas Estelares. Gládio está atrás à direita, solene como sempre, os lábios colados e sérios. Mais à frente, pendurados nos lados de Axel, Meadara sorri com seus olhos puxados como os de um gato e Abelha faz uma careta, estragando a fotografia solene. Axel mostra bem os dentes e até repuxa os cantos dos olhos, formando rugas, alegre e entusiasmado. Dário está atrás, sem sorrir, com um olhar perdido mas sereno.

Axel fecha o relicário que não existe e se imagina puxando um trago.

– Bem que podia me imprimir um, né, Coração?

Não importa quanto tempo dure a viagem, Axel não estará sozinho.

FIM

Escute a playlist por Ericksama

https://cutt.ly/N2OiJBF

Agradecimentos

Aos meus editores que nunca me deixam trabalhar sozinho. Seja revisando e atuando no texto final, seja no incentivo e no encorajamento para os momentos de estresse improdutivos. Se a editora Draco é uma realidade é por ser um esforço conjunto de profissionais que se apoiam e fazem acontecer essa casa focada apenas na publicação de obras originais brasileiras há mais de 13 anos. E um obrigado sincero e caloroso aos apoiadores abaixo listados que possibilitaram a existência da coleção Dragão Mecânico. A Ficção Científica brasileira está viva e mais forte que nunca.

Adam Martins

Adriano Ladeira Vannucchi

Alessandro Louredo

Alex Ricardo Parolin

Alexey Dodsworth

Alisson Cavalcante

Alysson Fábio Ferrari

Amanda Villa Correia

Amarilis Chu Schneider

Amauri Silva Lima Filho

Ana Lúcia Merege Correia

Anderson C. Santos

André Luiz Dias de Carvalho

André Nazareth de Almeida

Antonio Marcos Pinto Fragoso

Ariadne Erica Mendes Moreira

Augusto Bello Zorzi

Basilio Belda

Beatriz da Silva Fraga Nunes

Beatriz Leonor de Mello

Bruce Bezerra Torres

Brunno Elias Ferreira

Bruno Pinheiro Ivan

Bruno Sergio Procopio Junior

Caio Favero

Catarina S. Wilhelms

Celso Ricardo Freitas Cavalcanti

Cesar Lopes Aguiar

Cleide Almeida

Clever D'Freitas

Cristiano Firmo do Canto Orlando

Daniel Fusco Borba

Daniela Grotti de Paiva

Davenir Viganon

Diego José Ribeiro

Diogo Gomes

Diogo Vasconcelos Barros Cronemberger

Douglas Drumond

Eberson Terra

Eduardo da Silva Cardoso

Eduardo Francisco Torres Ferreira

Eduardo Maciel Ribeiro

Eric David Gondim Figueiredo Hart

Fábio Fernandes

Fabio Gardenal Inacio

Fabio King

Fabio Rodrigues Takahashi dos Santos

Flávio Rocha de Oliveira

Gabriel Amabile Boscariol

Gabriel Farias Lima

Gabriel Guedes Souto

Gerson Lodi Ribeiro

Giovana Lopes de Paula

Guilherme Conceição Concas

Guilherme Henrique dos Santos

Gustavo Withers

Heclair Rodrigues Pimentel Filho

Helder da Rocha

Honório Gomes

Ismael Garcia Chaves

Jacques Exelrud

Janito Vaqueiro Ferreira Filho

Jhulian Gobbi

João Eduardo Herzog

João Nilo de Souza Nobre

João Vitor Zenaro

José Carlos da Silva

Jose Joaquim Porto de Paula

José Ricardo da Silva

Kelly Duarte

Letícia do Nascimento Gomes

Letícia Soares de Albuquerque Pereira

Lourenço Romano Junior

Luana Muzy

Lucas Rocha

Lucas Silva Souza

Lucca Kauffmann Morandini

Luciana Liscano Rech

Luciana Schuck

Luis Alberto de Seixas Buttes

Luiz Aristeu dos Santos Filho

Luiz Fernando Plastino Andrade

Marcelo Augusto Galvão

Marcelo Monteiro de Aquino Bertazzo

Marcelo Stoppa

Marco Antonio da Costa

Marco Antonio de Toledo

Marcos R Piaceski da Cruz

Maria Beatriz Baggio Zanetti Nucci de Oliveira

Maria Inês Farias Borne

Mário Henrique Perin Bernardo

Melissa Barth

Nicholas Baracy

Nicolás Alberto Irurzun

Nikelen Witter

Nilton Nascimento Dias Oliveira

Oracir A. P. Prado

Patrícia Ferreira Magalhães Alves

Paulo Vinicius F. dos Santos

Pedro Antonio Lins de Freitas Oliveira

Pedro Borges Fortes

Rafael Leite Mora

Rafaela Barcelos dos Santos

Ricardo dos Santos França

Ricardo Souza

Roberto C. Belli

Rogério Francisco Borges Pereira Faria

Ronaldo Henrique Acácio Souza

Stéphanie Andrade Silva

Tayuan Höfle Schmitt

Thays Eloize Bonato

Thiago A L

Thiago Baptista

Thiago Carvalho Bayerlein

Thiago Tonoli Boldo

Vandrei Rodrigues

Vanessa Paz

Vicente Gosciola

Victor Peixoto Pereira

Vinícius Dias Villar

Vinicius Sousa

Weber Urschei

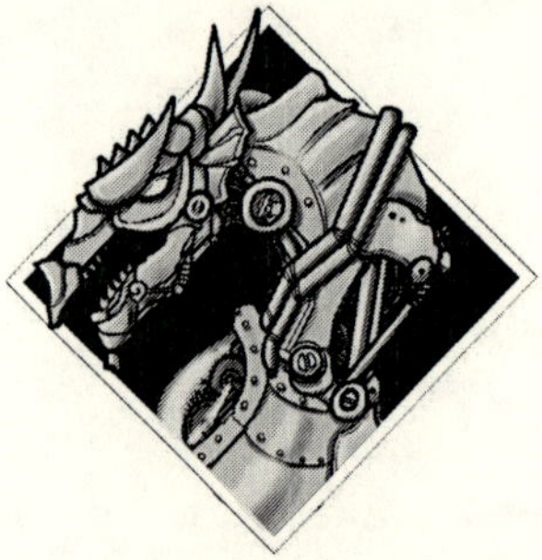

Primeira Temporada – 2022/2023

PECADOS TERRESTRES, Gerson Lodi-Ribeiro

Livro 1 – agosto/2022

PARADOXO DE THESÉUS, Alexey Dodsworth

Livro 2 – agosto/2022

SOLITUDE, Erick Santos Cardoso

Livro 3 – janeiro/2023

RIO 60 GRAUS, Fábio Fernandes

Livro 4 – janeiro/2023

UM MILHÃO DE MIM, Cirilo S. Lemos

Livro 5 – junho/2023

SILÊNCIOS INFINITOS, Nikelen Witter

Livro 6 – junho/2023

ESTE LIVRO FOI IMPRESSO EM PAPEL PÓLEN NA GRÁFICA ODISSÉIA,
NA ESPERANÇA DE UMA NOVA FASE, EM DEZEMBRO DE 2022.